LUCAS MOTA

MOEDA DE TROCA

Rocco

Copyright © 2025 *by* Lucas Mota

Esta edição foi publicada em acordo com C. Werner Editorial.

Direitos desta edição reservados à
EDITORA ROCCO LTDA.
Rua Evaristo da Veiga, 65 – 11º andar
Passeio Corporate – Torre 1
20031-040 – Rio de Janeiro – RJ
Tel.: (21) 3525-2000 – Fax: (21) 3525-2001
rocco@rocco.com.br | www.rocco.com.br

Printed in Brazil/Impresso no Brasil

Preparação de originais
ISIS PINTO

CIP-BRASIL. CATALOGAÇÃO NA PUBLICAÇÃO
SINDICATO NACIONAL DOS EDITORES DE LIVROS, RJ

M871m

    Mota, Lucas
       Moeda de troca / Lucas Mota. - 1. ed. - Rio de Janeiro : Rocco, 2025.

       ISBN 978-65-5532-529-4
       ISBN 978-65-5595-337-4 (recurso eletrônico)

      1. Ficção brasileira. I. Título.

25-96214
                  CDD: 869.3
                  CDU: 82-3(81)

Meri Gleice Rodrigues de Souza - Bibliotecária - CRB-7/6439

Para Liandra Kondrat Mota, que leu todos os meus livros.

*Para Daniel Mota, que não leu nenhum
(e provavelmente nunca lerá).*

Inexplicavelmente, os dois seguem me apoiando.

ENCONTRO COM O PASSADO

Não era todo dia que se era chamada para a diretoria porque seu pai, que tinha morrido dez anos atrás, foi te visitar na escola.

Ela tinha quinze anos, não era burra. Achavam que ia sair assim, acreditando em qualquer merda só porque a diretora disse? Sai fora!

O foda foi que, quando entrou na diretoria, viu sua mãe ao lado de seu irmão mais novo. A mãe era reitora da faculdade comunitária do morro, não ia deixar o trampo assim, por besteira. O irmão devia estar na escola.

Assim que entrou na sala, a diretora avisou que ia deixá-los a sós.

A mãe explicou: era verdade, ele estava de volta. Como assim "de volta"? Ele morreu, que porra era aquela?

A adolescente se sentou ao lado da mãe.

— Não sei nem o que dizer…

— Eu sei, filha.

Trocaram um abraço. A menina tremia. A mãe ofereceu água. Ela aceitou, tomou um gole grande.

— Ele tá aqui?
A mãe fez que sim.
— Quer conhecer seu pai?

1

Dez minutos de prazo, costura trânsito, fura sinal, arrisca a vida pra chegar a tempo, foda-se. Rato só parou a moto por causa do cogumelo de fogo.

Parar é força de expressão; quem tem entrega difícil não para, derrapa. Os pneus arranharam a borracha no asfalto. A moto quase de lado, um pé no chão. Só deu tempo de fechar os olhos quando viu a nuvem de fogo subir esquentando seu rosto. Mas Rato sentiu pouco, porque a explosão o jogou dez metros para trás. Ralou as costas no asfalto, aparado por uma sarjeta, e se ergueu, tonto. Correu até a moto caída. Filha da puta, a lateral toda arranhada, tinha acabado de voltar da oficina pra cuidar da luz traseira. Checou o celular; o aparelho sobreviveu ao impacto, ainda no suporte de plástico preso ao tanque de combustível. Passou o dedo na tela, tudo funcionava. Tinha só seis minutos.

Olhou para frente. Uma multidão se aproximava, sacando seus smartphones para filmar e tirar fotos da explosão, o burburinho travava o trânsito, Rato também queria ver o que aconteceu, mas queria mais comprar comida. Checou a bag. A carga estava inteira. Então fez o que não devia: montou de novo e seguiu pelas calçadas, anunciando seu avanço aos berros e se desviando das pessoas.

Dobrou duas esquinas até perceber o sangue que escorria no braço esquerdo. Caralho.

À frente, se erguia o colosso com fachada de vidro e arquitetura horrível. Só podia significar que ali dentro tinha gente com muito dinheiro. Falando em dinheiro, Rato tocou a tela do celular e fez abrir o aplicativo do banco. Ainda no vermelho. Carlinho não tinha feito o Pix. Estava fodido. Ia ter que se virar nas entregas pra conseguir fazer o aluguel e o mercado da semana.

Parou em frente ao prédio de pé-direito mais alto do que as árvores no canteiro da entrada e correu pro interfone. A encomenda em uma mão, o celular na outra. Através do vidro escuro, avistou o porteiro de terno e, pela caixa de som, ouviu a saudação sem direito a bom-dia.

— Pra onde?

Rato consultou o aplicativo.

— Dezenove-zero-um.

O porteiro ergueu um dedo e discou em um telefone. Rato ouviu um "Arram, sim, senhora, pode deixar", depois o homem se voltou para ele.

— Pode colocar na caixa de entregas.

Ao lado do interfone, abriu-se um compartimento de metal quadrado, de aresta maior do que uma caixa de pizza. Rato colocou a encomenda lá dentro, notou um amassado no papel, tentou alisar. Merda. Deixou uma mancha de sangue. Já era tarde, o porteiro tinha esticado a mão para receber o pacote.

Rato ia pedir de volta pra limpar, mas foi atropelado por um obrigado-bom-dia automático.

Respirou fundo, se sentou no meio-fio e só então deu atenção ao ferimento no braço. Não parecia grave, mas não deu pra olhar direito porque logo veio o segurança dizendo que ali não podia sentar; entregador só tinha permanência máxima de cinco minutos.

Rato voltou pra moto e se mandou daquele inferno envernizado.

Cinco minutos depois, subiu a notificação. Recebeu uma estrela pela entrega. Filha da puta desgraçada. Uma estrela? Rico é foda. Na resenha, a explicação: a fatia de cheesecake chegou com o glacê caído do lado. Na embalagem, uma imundície fedorenta.

Vai tomar no cu.

Uma estrela era fim de carreira. Ouviu falar de gente que passou mais de ano só recebendo cinco estrelas, de vez em quando quatro, porque tava cheio de cliente pau no cu, e foi só vir uma estrela pro aplicativo banir o entregador. Assim mesmo, sem ouvir argumento.

Rato tremeu. Se fosse banido, já era.

Saiu dali, tava na hora de almoçar mesmo. O jeito era fazer um intervalo pra exorcizar a raiva.

Parou num dos poucos restaurantes do Centro com espaço dedicado aos entregadores. Tinha tomada pra carregar o celular, água à vontade e PF com preço reduzido. Entre cada garfada, tentava afastar para longe a raiva de sua resenha recente.

E não demorou para que subissem outras notificações, daquela vez de Ariel. Em geral, ela falava pouco, umas duas vezes ao dia, pra ver se Rato estava bem. Agora, veio uma enxurrada de mensagens.

Ei, tudo bem?
Responde.
Responde, caralho.

E um gif. Rato encostou a moto para ver a mensagem completa. Um gif mostrava um homem sendo arremessado de uma moto por uma explosão vermelha. No centro da explosão, uma moça magra e branca ria, a maquiagem borrada.

Na certa era a filha de algum nobre dando um showzinho de manhã no meio da marginal. O problema era o homem do gif. Rato reconheceu seu corpo largo, os braços pretos e roliços.

Não tinha sido um acidente; Rato se fodeu na entrega por causa de uma patricinha aleatória fazendo farra.

Respondeu Ariel.

Tô bem. Só um susto.

Susto nada. Ariel ia falar sem parar quando ele chegasse em casa. E ele ia ouvir quieto, porque ninguém fazia curativo melhor do que sua esposa puta da cara.

Quando acabou o almoço, esperou que o aplicativo mandasse uma nova corrida — esperou por dez minutos, depois vinte. Essa demora só rolava em feriado, com a cidade vazia.

Depois, viu a notificação no e-mail.

Olá, Ariel.

A equipe do Veloz agradece pela sua presença, mas infelizmente teremos que desligá-la de nossos serviços. Em seis meses você poderá tentar de novo.

Merda. Merda. Merda.

Não dava pra criar uma conta nova em seu próprio nome, porque tinha antecedentes. Agora que tinha sido banido no nome da Ariel, o que restava?

2

Esperar ia adiantar? Não ia. Mandou uma mensagem de áudio para Carlinho.

— Tá onde, véi?

— Saindo da entrevista. Perto do museu.

Rato seguiu para lá.

Avistou de longe o amigo, cabelo black power e camisa social.

— Fala, irmão.

Trocaram um abraço.

— O que foi isso? — perguntou Carlinho, apontando para o arranhão no braço de Rato.

— Levei um tombo. Teve uma explosão...

— Tu tava lá?

— Ficou sabendo?

— Todo mundo ficou sabendo.

Carlinho mostrou a tela do celular, onde havia uma notícia com a foto da jovem branca explodindo os arredores. Na manchete: "Suzane Lazo, sobrinha e herdeira do duque do Paço Verde, chama a atenção após noite de festa."

Rato entortou o canto da boca.

— "Chama a atenção" é foda. Cadê o "vandalismo"?

— E a "noite de droga"?

Os dois riram.

Rato esperou o momento passar, coçou o pescoço.

— Sabe o que é, eu precisava ver contigo sobre aquela grana que te emprestei. Sei que é foda, mas acabei de ser banido do aplicativo e precisava de alguma coisa pra hoje.

Carlinho abaixou a cabeça e Rato o consolou com um toque no ombro.

— Tá certo. Se ainda não tem, eu me viro.

— Não passei na entrevista, mano. Tô fodido aqui. Não tenho nem pra pegar o busão.

Rato respirou fundo.

— Eu te levo. Sobe aí.

Carlinho se encolheu, os ombros murchos.

— O que cê vai fazer?

— Tô pensando em mandar uma mensagem pra Nicole — respondeu Rato.

— Sério? Ela te mandou pra cadeia da outra vez, lembra?

— Não tenho escolha. Eu tenho passagem e fui banido do Veloz. Ela é a única que vai me pagar pra fazer entrega agora.

Rato subiu na moto e entregou o capacete a Carlinho, que vestiu a bag.

O caminho mais rápido era pela marginal; o trânsito na área já tinha se reestabelecido, e havia uma marca de queimado no asfalto.

Carlinho tocou o ombro de Rato.

— Encosta aí.

Rato atendeu, então viu o amigo descer, olhar em volta e tirar algumas fotos.

— Tá fazendo o quê?

— Vou escrever sobre isso.

— Vai arrumar pra cabeça.

— Nada. Já tô na merda mesmo, ninguém me contrata. Vou fazer meus textos independentes. Que se foda.

— E vai falar o quê?

— O que precisa ser dito. É sempre a mesma coisa. Esses filhinho de duque fica dando showzinho, consumindo Ox desse jeito. Nunca dá nada pra eles, e a gente é que paga a conta.

Rato quis impedir o amigo, argumentar que tentar qualquer coisa contra um nobre era o mesmo que dar um tiro no pé, mas no fundo queria mesmo que alguém falasse sobre aquilo.

Carlinho fez cálculos com ajuda do celular.

— Acho que, pra uma explosão dessas, ela deve ter gastado pelo menos um quilo de Ox.

Rato ficou de queixo caído.

— Um quilo? Mano, nos meus meses de mais sorte eu consegui juntar setecentos gramas.

— Eu nunca cheguei a quatrocentos.

— Porra, são quase dois meses de trabalho pra mim. E pra fazer o quê? Explodir a marginal e sair no jornal.

— Isso não é nada. Eu tô pesquisando vários casos desses já tem um tempo. Uma vez, roubaram a carga de um caminhão, e o duque do Paço Verde alegou que o serviço foi feito por um pessoal da favela da Torre, na beira da rodovia do café. Ele entrou na comunidade fazendo chover pedra e causou uma ventania de jogar telhado longe. Só parou quando o povo entregou quem tinha feito o roubo. Pelos meus cálculos, ele consumiu pelo menos dez quilos de Ox em menos de dez minutos, só pra intimidar a favela inteira. O mais louco é que a carga que ele recuperou não valia nem metade disso.

— Cê tá brincando.

— Te juro.

Carlinho voltou pra moto e os dois seguiram viagem. Rato acelerou para passar um sinal amarelo.

— Mano, com dez quilos de Ox, eu saio do aluguel e ainda boto minha filha em colégio bom.

— Já teve pior.

— Pior que dez quilos? Agora você tá inventando.

— Nem tô. Lembra do massacre do Santo Inácio?

— Nunca ouvi falar.

— O arquiduque da época abriu uma cratera no meio da vila e fez um lago de água fervendo brotar da terra. Ele literalmente cozinhou quase toda a comunidade. Mais de duzentas pessoas morreram e outras quinhentas ficaram feridas. Sabe quanto Ox custou pra essa brincadeira toda? Meia tonelada.

— O quê? Quinhentos quilos, é isso mesmo?

Carlinho assentiu.

— Porra, com quinhentos quilos de Ox eu nunca mais trabalhava na vida.

Os dois ficaram em silêncio. O ronco da moto, já rouco pelo desgaste diário, era o único barulho acompanhando os movimentos da tarde, até que Carlinho retomou o assunto.

— É isso o que eu falo: os cara gasta uma fortuna pra intimidar, ficar no controle e manter nós afastado. Enquanto isso, a gente se fode pra ganhar migalha.

Rato costurou as ruas até chegar no Morro do Livramento, onde deixou Carlinho em casa. Se despediram com um abraço.

Rato pegou a bag e o capacete de volta e esperou Carlinho entrar.

Estava pronto para voltar para casa, contar tudo a Ariel e perder mais uma noite de sono tentando convencê-la de que trabalhar para Nicole era a única alternativa.

Ligou a moto.

Repassou na mente todos os argumentos que usaria para acalmar os ânimos da esposa. Não havia mais faxinas que ela pudesse assumir sem largar a faculdade, e isso ele não ia admitir. Ariel era muito coração e não ia gostar que as coisas se resolvessem assim. Rato teria que ser convincente. Como quando a chamou para sair pela primeira vez.

Respirou fundo e tirou o capacete. Subiu o morro. Acenou para moradores. Os comerciantes já estavam em seus pontos, oferecendo as mercadorias aos playboys que tinham autorização de entrar no morro pra comprar. Motoristas levavam passageiros a pedido do aplicativo de caronas. Vidro baixava e mercadoria era entregue, seguida de uma transação de pagamento pelo Oxbank.

Faltavam duas quadras pra chegar em casa e ele foi diminuindo a velocidade. A brisa do fim de tarde era conforto, mas durou pouco, porque subiu uma notificação de Ariel.

`Acabou o leite de Mariângela.`

Rato abriu a interface do Oxbank, com o saldo ainda negativo por causa do cartão de crédito atrasado. Sem trabalho e sem a devolução do dinheiro de Carlinho, teria que entrar em casa e dizer que não tinham como alimentar a filha.

Deu meia-volta. Em vez de subir para encontrar Ariel, foi em direção à oficina de Nicole. Ela só atendia depois das onze, o jeito era esperar.

No interfone, a voz de Watson.

— Salve.

— É o Rato — respondeu o motoboy.

Um ruído elétrico e a tranca abriu. Rato empurrou a porta, encontrando atrás dela a bicicletaria, com bicicletas penduradas na parede por ganchos e um amontoado delas em um dos cantos. Também havia peças e quadros espalhados, tudo emoldurado por uma bandeira preta estendida na parede dos fundos, com um A vermelho cercado por um círculo irregular.

Dos fundos, surgiu Watson. Branco, barba volumosa. Limpou a mão magra em um pano para depois estendê-la para Rato.

— Faz tempo, maninho.

Rato ergueu os ombros.

— As coisa tão foda.

Watson assentiu. Se estava ali àquela hora da noite regulando bicicleta era porque entendia. Estava tudo muito difícil. Watson fez um gesto com a cabeça em direção aos fundos da oficina.

— Ela tá lá.

— Valeu, mano.

— Cê ainda tá me devendo aquela cerveja.

Rato sorriu.

— Deixa só as coisas darem uma melhorada.

Rato ergueu o tapete marrom que escondia um alçapão e abriu a passagem secreta para uma escada de metal que terminava em um corredor escuro. Dois metros depois, com a ajuda da lanterna do celular, chegou a uma porta de ferro e deu duas batidas secas. A portinhola protegida por uma grade se abriu, exibindo um rosto severo de ossos marcados e olhos desconfiados. Um segundo depois, o semblante se tornou alegre. A portinhola se fechou para a porta se abrir. Nicole era uma travesti gorda e preta.

— Menino, não pensei que fosse te ver aqui de novo.

Ela abraçou Rato, que correspondeu ao carinho.

— Cê mudou o cabelo de novo? — perguntou ele.

— Gostou?

Ela exibiu o rastafári mais elegante que Rato tinha visto, passando os dedos pelas tranças, a cabeça inclinada para facilitar o movimento da cabeleira.

Rato sorriu.

— Ficou foda.

— Tô feliz que você voltou. Achei que ainda tava bravo comigo.

Nicole acenou em direção a uma mesinha no cômodo pequeno com duas cadeiras, uma de cada lado.

Rato se sentou.

— Sabe como é, eu fiquei preso quase dois anos. Até hoje minha filha não fica sozinha comigo porque estranha. Essas coisas deixam a gente meio puto.

— Meu anjo, eu sei o que você passou. Fui eu quem mandou aquela ajuda pra Ariel. Eu não faço isso por todo mundo, sabia?

— Eu sei. Agradeço a força, mas a Ariel não vai gostar quando souber que eu tô aqui.

— Você pode sair quando quiser.

Os dois se olharam. Nicole tinha a testa franzida em desafio. Rato deixou os ombros caírem.

A mulher concordou com a cabeça.

— Você não tá aqui porque quer. Tá porque precisa.

— Não é isso...

— É isso, sim. Não precisa fingir.

Rato balançou a cabeça e Nicole continuou.

— Se a vida de aplicativo tivesse boa, cê nunca mais voltava aqui, meu filho.

— Não é nada pessoal...

Nicole segurou as mãos de Rato.

— Ei, não precisa se desculpar. Não pra mim. O que eu quero é que você não volte mais pra cá também, mas, até esse dia chegar, eu tô aqui, cheia de encomenda da boa.

— Esse é o problema, Nico. Eu não tô querendo mexer com droga.

Nicole arqueou as sobrancelhas finas.

— Aí é difícil. Não sei se vou poder te ajudar...

— Pô, Nicole, deve ter alguma outra entrega, qualquer coisa.

— Não achei que você fosse moralista desse jeito.

— Tá me estranhando? Claro que não. O negócio é que eu tenho antecedente, né? O sonho dos porco é me pegar com droga. Aí já viu, vou ficar sem ver minha filha até ela fazer quinze.

— Entendi. Mas, meu anjo, qualquer entrega que você fizer pra mim pode te complicar. Você sabe disso.

— Droga paga pouco. Se eu vou me arriscar, tem que valer a pena.

Nicole balançou a cabeça, lábios pressionados.

— Eu tô sem muita opção pra você. Pode ser que surja uma coisa logo, mas tá incerto ainda. Das últimas vezes tivemos problemas, eu tenho que ser mais cuidadosa...

— Qual é a encomenda?

Nicole pressionou os lábios.

— Se você não disser, fica difícil fechar negócio — insistiu Rato.

— Não é o tipo de coisa que você pode saber se não vai aceitar a entrega. Eu preciso ter certeza que você concorda antes de dizer.

Rato pensou em Ariel. Em Mariângela.

— Tô dentro.

Nicole assentiu, aquele sorrisinho de negócios. Acendeu um cigarro e soltou uma baforada contra a entrada do duto de ventilação atrás dela.

— Você vai levar Ox.

— Eu sei, pô. É por isso que eu tô aqui, tô fodido mesmo...

— Não, meu anjo. A encomenda é Oxiomínio. Ox mesmo!

Rato piscou.

— Dinheiro? Apresenta Pix pra esses caras.

Nicole franziu a testa. Rato entendeu.

— Quando surgir, me chama que eu vou buscar na hora.

Os dois se levantaram e Nicole deu um abraço apertado em Rato.

— Vou te adiantar uma coisinha.

— Não precisa, Nico. Me arruma o trabalho e já era.

— Não é pra você. É pra Mariângela.

Rato achou que era um bom momento pra calar a boca, afinal a filha ainda precisava de leite e ele não tinha nenhuma grama. Olhou a notificação no celular. Quinhentos gramas de Ox. Olhou para Nicole, os olhos ameaçando saltar do rosto, mas a mulher foi mais rápida.

— Não me olha assim. Isso é adiantamento. Quando o serviço vier, eu vou descontar esse valor.

— Esse serviço é tão grande assim? Quer dizer, você não ia adiantar quinhentos se o serviço pagasse só quinhentos.

— A remuneração total é de três quilos. Quinhentos gramas agora, o resto no final.

Rato sentiu os pelos da nuca arrepiarem. Aquela quantidade vinda de Nicole significava perigo. Mas a outra opção era deixar Mariângela com fome.

— Não sei o que dizer.

— Então não fala nada.

Nicole fez um carinho no queixo de Rato, sobre o cavanhaque.

Na volta pra casa, Rato passou na loja de conveniência de um posto, o único local aberto. As coisas eram mais caras ali, mas não importava, Mariângela ia ter leite aquela noite.

3

Rato entrou em casa e viu Ariel sentada no sofá com um livro na mão.

— Ela dormiu?

Os olhos de Ariel carregavam olheiras do tamanho do mundo. Ela fez que sim. Em uma mão, o livro, na outra, as anotações em seu caderno de estudo. Os cachos definidos presos no alto por um lenço vermelho.

Rato deixou as sacolas sobre a mesinha de centro e deu um beijo na testa de Ariel. Os olhos da mulher se fecharam e um sorriso exausto se desenhou no seu rosto.

Ela apontou para as sacolas.

— O que é isso?

— Leite, pão e uns biscoitos. Foi o que deu pra achar essa hora.

Lá fora, a madrugada se arrastava, densa. Céu estrelado, noite de verão quente, com a eventual trégua de uma brisa despretensiosa.

A esposa olhou feio para Rato.

— Senta aqui, vamos ver esse braço.

— Não foi nada... — disse ele, mas obedeceu.

Ariel jogou água oxigenada nas feridas e precisou limpar o sangue coagulado do local mais crítico, depois finalizou com gaze e esparadrapo.

— Isso é um absurdo. A gente devia ir na polícia...

Rato resmungou.

— Isso. Depois a gente vai na ONU também, só tem galera que curte a gente.

Ariel deu um tapa leve no ombro de Rato, sem conseguir evitar o riso.

— Mas esses boyzinhos não podem fazer o que querem por aí.

— Claro que podem. Já viu nobre ser punido?

Ariel se calou. Não porque concordava com o que Rato dizia, mas porque o casamento se sustentava por um fio e não era toda conversa que valia o esforço. Rato percebeu a tentativa da companheira de não iniciar a palestrinha e pensou em dizer que tinha sido banido do aplicativo, mas as olheiras de Ariel o fizeram recuar. Ela não merecia mais um peso. Ao menos não ainda. Resolveu mudar de assunto.

— E você tá acordada ainda por quê?

— Estudando. Amanhã tem prova. Cheguei tarde. Limpei quatro casas hoje. Só vou receber semana que vem. — Ariel entortou a boca como quem pedia desculpas.

Rato estalou os lábios.

— Não é culpa sua, é foda mesmo. A gente se mata e nem receber recebe. — Movimentou o braço para testar a eficácia do curativo. — E tá estudando o quê?

Ariel pegou o livro de volta e o apoiou nas pernas.

— Carolina Maria dos Reis.

Rato sorriu. No Morro do Livramento todo mundo tinha ouvido falar de Carolina Maria dos Reis, a mulher pobre e preta que foi uma das primeiras a dominar e catalogar a troca. Os registros mais conhecidos e considerados fundamentais no assunto não mencionavam sua existência, mas ali no morro ninguém ligava para esses registros.

— Eu tô lendo um livro muito bom sobre os diários dela.

— Acharam os diários? — Rato quis saber.

— Só algumas páginas. Mas é legal pra ter um registro de tudo e uma noção de como ela trabalhava suas descobertas.

Rato concordou com a cabeça.

— Cê é foda, fia.

A mulher franziu a testa.

— Sem gracinha. Eu tô cansada e tenho muita coisa pra estudar ainda.

— Não tô zoando. Cê é foda mesmo.

Ariel sorriu.

— Tenho que terminar isso. Amanhã vou ter uma entrevista de emprego e não quero me atrasar.

— Arrumou entrevista? Onde?

O canto da boca de Ariel se repuxou.

— Na casa de um nobre, acredita? O cara é o marquês de Goioerê.

Rato riu.

— Vai passar mais raiva que eu.

— Eu sei, mas tô querendo pegar essa vaga. É trampo fixo, dinheiro bom.

Rato deixou Ariel estudando. Passou no quarto de Mariângela para ver se a filha estava bem e só depois se permitiu tomar um banho pra poder dormir em paz, já que no dia seguinte a vida não daria trégua.

Ao sair do chuveiro, reparou em duas notificações no celular. A primeira era de Carlinho.

Escrevi o texto, mano. Dá uma olhada. Se puder compartilhar, agradeço.

Logo abaixo um link com a manchete "Até quando barões ficarão impunes?"

O texto era provocativo, cheio de dados e fotos, e colocava em foco a explosão do dia, mas recordava diversos outros acontecimentos parecidos. Ao fim da leitura, Rato reparou que já havia mais de trinta comentários. A maioria com palavras de apoio, mas alguns com frases raivosas e esfomeadas pelo sangue do autor.

A segunda notificação era de Nicole.

Aconteceu mais rápido do que eu pensei, meu anjo. Preciso de você aqui às cinco da manhã. Sem atrasos.

Ariel ainda estudava. Rato se deu conta de que não compensava pregar os olhos, já que em menos de duas horas precisaria sair.

— Guarda a moto aqui dentro — pediu Nicole.

Rato empurrou o veículo desligado para a bicicletaria. Watson não estava lá, e Nicole o ajudou a afastar algumas bicicletas para abrir espaço, depois fez um gesto para que ele a seguisse. Os dois desceram a escada através do alçapão.

Nicole só começou a explicar quando trancou a porta de ferro de seu escritório.

— É coisa grande. Retirada e entrega. Você vai receber um endereço por mensagem e encontrar outro entregador. Vocês não devem nem falar bom-dia. Assim que a coleta for feita, ele vai dar baixa no sistema e eu vou te mandar outro endereço. Fora da cidade, parada de caminhoneiro. Lá, você vai encontrar outra pessoa e, mais uma vez, não vão falar nada, só trocar as cargas. Depois você leva o que ele te entregar pra esse endereço aqui. É um buffet infantil. A carga final é só fachada, uma caixa de material descartável. Pratos, copos, talheres.

Rato coçou o cavanhaque.

— E a carga anterior?

Nicole deixou os óculos escorregarem para a ponta do nariz e o olhou por cima da armação.

— Eita porra, olhar de chefe fodona, cê é louco! Tô dentro, né? Sou nem doido...

Nicole segurou o riso, empurrou uma caixa de lenços pela mesa e Rato se deu conta do suor em sua testa; dois lenços foram o suficiente.

— Começa quando?

— A qualquer momento. Você vai ficar de sobreaviso. Quando eu mandar a mensagem com o endereço da coleta, você vai ter quinze minutos pra chegar, não importa onde seja. Recomendo que fique perto do Centro pra facilitar, porque nem eu sei o local ainda. Se você não for pontual, meu contato vai se mandar e o trampo é cancelado.

— Quinze minutos é foda, Nico. Dependendo do lugar, é ruim de chegar.

Nicole ajeitou os óculos.

— A condição é essa, meu anjo. O pagamento é alto.

Rato massageou a testa, mas sabia que ela estava certa.

— Certo. E o que mais?

— A carga é perigosa, é óbvio, então você tem que pilotar com cuidado. Se acontecer algum acidente, por menor que seja, o acordo é cancelado, você nunca me viu e eu nunca te vi. Se o trampo miar na sua mão, quem afunda é você.

Rato balançou a cabeça uma vez.

— Mais alguma coisa?

— Você vai receber o resto do pagamento quando tudo acabar, mas não de uma vez. Eu vou te pagar por mês através da lavanderia.

— Lavanderia?

— Empresa fantasma. Tem CNPJ e tudo. Você vai ser meu funcionário por dois meses e eu vou te pagar todo mês como se fosse salário, depois vou te demitir porque a economia do país não anda boa. Meu conselho pra você é guardar sessenta por cento da grana e só gastar depois de um ano.

Rato apertou a mão de Nicole.

— Valeu.

— Tem mais uma coisa.

A mulher o olhou sem largar sua mão.

— Sabe, depois que você foi... depois que aconteceu aquilo...

— Eu fiquei preso. Pode falar, Nico.

— É. Você sabe como eu trabalho. Não tinha nada que eu pudesse fazer.

— Desencana. Eu tô aqui, não é?

— O negócio é que, por causa daquilo, eu criei um sistema de segurança. Qualquer trampo perigoso, eu crio um código. Se eu falar esse código pra você, ou você falar pra mim, é porque alguma coisa deu muito errado, você tem que fugir, depois a gente dá um jeito de reagrupar.

— Não é exagerado?

— Claro que é. Precisa ser. É um último recurso, Rato. Olha pra mim. Essa carga vale muito dinheiro. Porra, essa carga é dinheiro! E tem uma razão pros nobres não deixarem ninguém chegar perto do Ox, então o que a gente tá fazendo vai chamar a atenção de gente muito poderosa. Se chegar no ponto de precisar usar o código, o prejuízo vai ser grande pra muita gente. Incluindo pra mim e pra você, então eu não tô brincando. É um último recurso. É pra fugir e não chamar a atenção, nem que seja temporário.

Rato puxou mais um lenço de papel que escapava da caixa à sua frente.

— E qual é o código?

— A gente precisa conversar.

— Tamo conversando, pô.

— Não, meu anjo. O código é esse. A gente precisa conversar. — Nicole largou a mão de Rato. — Agora vem aqui e me dá um abraço.

Rato engoliu em seco, deu um abraço em Nicole e deixou o esconderijo.

Lá em cima, viu a luz acesa. Watson abria a bicicletaria; o sol nascia.

Rato estendeu a mão.

— Fala aí, irmão.

Watson cumprimentou o amigo.

— Toma cuidado, maninho.

Duas quadras depois, Rato encostou a moto e mandou uma mensagem de áudio para Carlinho.

— Fala, irmão. Peguei um trampo pra hoje, tô indo pro Centro. Se quiser carona, se arruma que eu passo aí.

Menos de um minuto depois, Carlinho respondeu com um emoji de mão com o polegar erguido e Rato subiu o morro para buscar o amigo.

Já a caminho do Centro, ele se desviava dos carros e avançava pelo asfalto acidentado da periferia.

— Vai ficar onde?

— Ali no Bernardo Gama.

Rato parou em um sinal vermelho e assistiu ao cruzamento movimentado das seis da manhã.

— Onde?

— A estátua na frente do Dona Sônia.

— O nome do cara era Bernardo Gama?

— É, pô. O bandeirante.

— Nem conheço.

O sinal abriu e Rato acelerou.

— Mano, vi seu texto ontem.

— Uma galera comentou.

Rato jogou a moto para a faixa da esquerda e diminuiu a velocidade. Assim que o sinal autorizou, pegou a travessa e entrou na marginal. Ao longe, por trás das silhuetas dos prédios comerciais de três andares que dominavam a marginal, Rato viu surgir uma sombra de concreto. Quanto mais sua moto se aproximava, maior era sua sensação de insignificância. A estátua tinha quase dez metros de altura. Um homem segurando uma bússola em uma mão e uma carabina em outra. O monumento cinza ficava sobre uma base de ferro com uma placa chumbada em frente onde se lia: BERNARDO GAMA, BANDEIRANTE E DESCOBRIDOR DO INTERIOR PAULISTA.

Quando estacionou perto da rotatória onde ficava a estátua, Rato a viu de frente para a avenida que levava à marginal. Do lado direto, a placa indicava o acesso ao Centro. Do lado esquerdo, ficavam alguns dos bairros periféricos, incluindo o Morro do Livramento. Atrás da estátua, Rato reconheceu o muro branco do Dona Sônia, um dos condomínios mais caros da capital. Morada de ao menos três nobres e suas famílias.

— Vai fazer o que aqui, mano?

Carlinho tirou da mochila o celular e um caderninho moleskine onde anotou algumas coisas, depois tirou algumas fotos e fez vídeos curtos da estátua em vários ângulos.

— Quero escrever uma matéria sobre quem esse cara era de verdade.

— Mano, tem certeza? Essa galera perdeu na classificatória pro concurso de paciência...

— Tenho. Olha.

Carlinho selecionou algo no celular e mostrou a Rato: era o saldo de sua conta no Oxbank. Positivo.

Rato tirou o capacete.

— Conseguiu dinheiro, é?

— Meu texto de ontem. Coloquei um botão de doações no final, quando vi que muita gente tava compartilhando. Não ganhei muita coisa ainda, mas, se eu aproveitar o interesse do pessoal e fizer mais umas matérias dessas, vou poder te pagar o que devo daqui uns dias.

— Não esquenta com isso, se preocupa em correr atrás do seu. Lá na frente a gente conversa sobre esse pagamento aí.

Carlinho sorriu com uma mistura de gratidão e alívio.

— E você tá fazendo o que no Centro?

Rato pensou se deveria dizer a verdade. Refletiu se deveria expô-lo ao risco dizendo a verdade. Decidiu que ele merecia ao menos uma versão resumida disso.

— Tô esperando chamarem pra uma entrega.

Carlinho coçou a cabeça por baixo do cabelo armado.

— Achei que cê tinha sido banido do aplicativo.

— É um trampo por fora. Consegui uns contatos aí. Não é muita coisa, mas vai ajudar a segurar as pontas.

— Sei.

— Ah, e não fala pra Ariel. Ainda não conversei com ela sobre isso.

Carlinho se agachou perto da base da estátua e anotou duas linhas em seu caderninho.

— Mano, cê não pode esconder essas coisas dela.

— Não tô escondendo. Cheguei ontem muito tarde, sem cabeça pra trocar ideia.

O amigo ficou de pé, ainda fazendo anotações no caderninho, mas parou para olhar Rato.

— Cês ainda tão discutindo muito?

Rato desviou o olhar, buscando uma distração no trânsito.

— Ela também tava estudando. Vou falar no final de semana, quando esses corres passarem.

— Cê que sabe. — Carlinho olhou para o rosto da estátua. — Já reparou nisso?

Rato olhou para onde o amigo apontou sem ter certeza do que deveria estar vendo.

— Qual foi?

— A estátua tá virada pra avenida, de costas pro Dona Sônia.

— E daí?

— É estranho, né? Um dos condomínios mais ricos da cidade logo atrás, mas a estátua foi construída virada pro outro lado. Eu tava vendo umas datas e o condomínio veio antes.

Rato ainda não entendia onde o amigo queria chegar.

— Já viu rico priorizar a vista de pobre?

— Nunca vi rico fazer nada que não fosse pra rico.

Carlinho apontou para Rato e concordou com a cabeça.

— Isso aí.

Rato olhou o celular. Quase oito da manhã. Ainda sem café.

— O que isso tem a ver com a estátua?

— Esse tipo de estátua custa caro. Geralmente, a prefeitura só banca essas coisas com a ajuda de gente rica. De duque, até. E por que um bando de rico ia financiar uma porcaria desse tamanho pra ficar olhando pra bunda da estátua?

— De repente eles curtem bunda, sei lá.

— Não. Aí tem.

O celular de Rato vibrou com uma notificação de um número desconhecido. Uma mensagem que dizia apenas "coleta" ao lado de um endereço.

— Essa ideia vai ficar pra outra hora, mano.

Os dois trocaram um abraço em frente à estátua.

4

Quinze minutos.

Todas as vias sentido Centro cheias. Filas de veículos, o mundo prestes a acabar caso não tirassem seus carros da garagem. O rodízio de placas não dava conta de amenizar o caos. No sentido bairro, dava pra respirar, e foi nesse que Rato seguiu para cumprir sua parte do acordo. Não era asfalto vazio, precisou atentar para os movimentos, cuidar para não ficar para trás nos sinais amarelos.

Catorze minutos.

Acelerou. Subida e mais subida. Viaduto. Sinal vermelho aos montes. O sol da manhã não estava mais irritado do que de costume, mas sua testa oleosa suava. O corpo exausto até esqueceu o cansaço, a fome e o sono. Mais um dia de entrega, arriscando a vida pra chegar a tempo. Arriscando a vida pra não ganhar uma estrela no final.

Treze minutos.

Olhou a hora na tela do celular, que ia preso ao tanque da moto. Os braços grandes evitavam o sol com a ajuda das mangas de proteção UV. As mãos iam protegidas sob um par de luvas de couro sem as pontas dos dedos.

Piscou notificação. Ariel. Piscou outra. Ariel de novo.

Agora não, mulher. Espera aí que tô em entrega. Se der certo, a última entrega em um bom tempo.

Doze minutos.

Parou em um sinal fechado. Sombra. O céu fechava rápido na capital. Já vinha vindo uma chuva, daquelas sem hora marcada, visitas que chegavam sem aviso pra um café.

Notificação de Ariel. Notificação de novo.

Sinal abriu. Rato acelerou. Um ônibus furou o vermelho, quase atropelou Rato. Filho da puta, teve nem buzina. Depois pensou que o motorista era só mais um Rato correndo pra não perder o trampo por mais um atraso que não foi causado por ele. Respirou, porque, ainda que tivesse passado perto, aquela não foi a sua vez. Acelerou. Pra valer. Pelos retrovisores, viu as marcas de pneu que deixou no asfalto.

Onze minutos.

Fodeu. Acidente. A polícia fechou as duas faixas da direita e liberava os veículos, um por um, para avançar devagar. O homem fardado fazia um gesto com a mão, autorizando cada um a prosseguir ou pedindo que aguardasse um pouco. A ambulância chegou chutada, sirene ligada, inferno na terra. Rato balançava a perna. Corpo trêmulo.

Notificação de Ariel. Notificação de novo. Celular vibrou com uma chamada dela. Puta merda. Rato torceu para que nada de ruim estivesse acontecendo a Mariângela, porque dessa vez não ia atender. Ariel que desculpasse.

Dez minutos.

A polícia não autorizou passagem. Trânsito parado. Caralho.

O coração girando o mundo. Goela mais seca que bom-dia de madame.

Caiu na besteira de olhar a hora na tela do celular. Puta que pariu. Ficou parado aquilo tudo? Não tinha caminho melhor. Se recuasse, ia perder muito tempo.

Seis minutos.

Caralho, mermão. Tudo aquilo de tempo parado? Assim que passou pelo policial acenando para o trânsito, acelerou. Correu de maltratar o motor, escapamento chorando.

Cinco minutos.

Era bairro que virava bairro, prédio que virava casa, comércio que virava praça.

Notificação de Ariel. Notificação anônima. Essa última ele precisou abrir.

A moto tremia e a velocidade dificultou a leitura. Rato estava ligado no asfalto, mas bem rápido jogou o olho na tela pra depois voltar e desviar de um buraco. Aos poucos, leu a mensagem.

Contato já está no local.

Quatro minutos.

Acelerou. O marcador de combustível alertava o tanque quase na reserva. Não era hora boa pra acelerar. Também não era hora boa pra ir mais devagar. Pra Rato, era só mais uma quarta-feira tacando fogo no colchão pra ganhar o cobertor.

Três minutos.

Sinal fechado. Notificação de Ariel.

Filha da puta de vida.

Avançou o sinal. Desviou de uma caminhonete e de um Ônix grafite. Recebeu a chuva de buzinas sem olhar para trás. Não ouviu barulho de batida, calculou que saiu barato. Devia ter rolado multa do pardal, mas saiu barato demais.

Dois minutos.

Direita, esquerda. Reto. Esquerda, esquerda.

O GPS arrastou Rato por ruelas com tantas viradas e becos sem saída que sozinho ele não saberia voltar.

Direita, esquerda. Reto. Direita, esquerda.

Um minuto.

Parou em frente a uma casa em construção onde uma betoneira misturava cimento, mas não havia pedreiro nenhum à vista. Outra moto estacionada. Sujeito alto, pele branca e barba feita. O homem tirou uma caixa de madeira de dentro da bag sem fazer força, mas seus braços musculosos se contraíram com o esforço, e ele a deixou ao lado da moto de Rato, depois montou e saiu pelo lado oposto ao que Rato havia chegado. Teve nem bom-dia nem aceno de cabeça.

Rato ergueu a caixa. O peso, meu pai. Talvez a caixa fosse o disfarce. Não importava. Rato não estava sendo pago para resolver enigmas de logística. Era uma entrega filha da puta, igual a qualquer entrega filha da puta.

Colocou a carga na bag e a fechou.

Se colocasse um navio de carga nas costas não sentiria tanto peso.

Notificação de Ariel. Caralho. Notificação anônima.

Entrega.

A mensagem foi seguida por uma coordenada, que Rato abriu no Maps. Acusava algum lugar fora da cidade.

Ele meteu o pé. O tanque quase na reserva, não dava pra abastecer. Ir direto era mais seguro.

Notificação de Ariel. Ligação de Ariel. Merda. Não dava pra ignorar mais. Se a mulher insistia era porque tava indignada ou porque Mariângela estava passando mal.

Rato atendeu pelo fone.

— Oi.

— Por que você não atende?

— Tô fazendo entrega.

— Sei.

— Tá tudo bem com a Mariângela?

— Com a Mariângela tá ótimo.

— Então o que foi?

— Recebi um e-mail aqui da Veloz. Minha conta foi suspensa.

Merda.

— Fala alguma coisa, Guilherme.

— Eu ia contar. Tô fazendo a última entrega...

— Guilherme, o e-mail diz que você foi suspenso ontem. Tá fazendo entrega de quê?

— Consegui um trampo por fora.

— Não mente pra mim.

— Não tô mentindo, Ariel. É real, tô fazendo entrega mesmo.

— Entrega de quê?

Ele se manteve em silêncio.

— Responde, Guilherme.

— É só uma entrega... Depois volto pra casa e a gente conversa.

— Você não voltou na Nicole, né, Guilherme?

Merda.

Rato ficou de olho na rua. Volta e meia olhava a tela do celular. A chamada com Ariel estava minimizada e a maior parte da tela exibia a rota traçada no Maps. O problema era o tanque de combustível. A luz da reserva estava acesa e ainda faltava uma boa parte do percurso.

— Fala, Guilherme. Você voltou na Nicole?

— A gente tava sem dinheiro. A Mariângela tava sem leite.

Aos poucos, o cenário mudava. Menos pontos comerciais, menos casas. Seguiu assim até que a cidade ficasse para trás, dando lugar à rodovia movimentada.

— Ariel? — chamou Rato — Ainda tá aí?

— Não acredito que você fez isso comigo.

— Calma, eu te explico depois...

— Não tem calma, Guilherme. Depois de tudo o que a gente passou, de tudo o que eu sofri, do tempo que a Mariângela ficou sem você...

— A gente tava precisando de grana. Cê sabe que eu não ia conseguir um emprego assim fácil.

Ariel parou de falar e Rato reconheceu o som de choro contido na ligação. Após a mulher inspirar, prosseguiu:

— A gente vai ter que conversar.

— Eu sei. Espera só eu chegar aí. Tô terminando a entrega e já vou pra casa...

— Não, Guilherme. A gente vai conversar agora. Eu tô grávida.

Rato freou, a moto quase tombando, mas ele se concentrou em recuperar o controle do veículo e acelerou de novo.

No retrovisor, viu um carro se aproximar e diminuir a velocidade pouco antes de bater nele. Uma Mitsubishi preta.

— Fica tranquila, esse trampo é bom.

— Não, Guilherme. Você não entendeu. Eu não vou passar por tudo aquilo de novo com dois filhos.

— Qual é, Ariel?

— É melhor a gente se separar.

Rato pensou em mil coisas para dizer, abriu a boca, nada veio.

No retrovisor, a Mitsubishi se aproximava. Rato fez sinal com o braço para que ultrapassasse, mas o carro permaneceu ali.

A voz de Ariel era de choro.

— Quando você voltar, a gente não vai mais tá aqui.

— Não faz isso...

— Eu vou fazer as malas e ir pra casa da minha mãe. A gente acerta as coisas depois.

— Ariel, espera. Por favor!

— A gente combinou, Guilherme. Você olhou no meu olho, lembra? Fui te ver na cadeia com a Mari no colo, chorando. Policial me tratando como vagabunda, fazendo eu tirar a roupa pra ver se não tava escondendo nada. Eles rasgaram o ursinho da Mari, lembra?

Rato não disse nada. Lembrava bem.

— Você me prometeu que eu nunca mais ia ter que passar por aquilo.

Rato segurou as lágrimas, um olho na rua, outro no retrovisor.

— Você sabe por que eu fui preso, Ariel.

— Eu sei. Não tô julgando, mas a gente combinou que você não ia mais trabalhar pra Nicole.

— Ela não é ruim.

— Não tô dizendo que é. Até gosto dela. O problema é o que ela faz. Se a gente combina uma coisa e faz outra, é porque nem precisava ter perdido tempo combinando nada.

— Não é isso. Eu tava seguindo o combinado...

— Tava, né, Guilherme. Tava. Mas agora não tá mais.

— Você sabe o que aconteceu pra eu ser banido? A explosão de ontem no Centro atrasou minha entrega e a madame me deu uma estrela.

— Essa parte eu entendo. Não é culpa sua ter sido banido, não é por isso que eu tô com raiva. É porque você voltou pra Nicole.

— E o que eu ia fazer? A gente tava...

— Precisando de dinheiro, eu sei. A Mari tava sem leite, eu sei também. Você devia ter falado comigo. A gente ia dar um jeito, pegar dinheiro emprestado da minha mãe, sei lá...

— Cê sabe que eu não quero o dinheiro da sua mãe.

— Eu também não quero, mas era melhor isso do que você arriscar ir pra cadeia de novo.

Rato sentiu a Mitsubishi se aproximar demais. Acelerou a moto. Ainda faltavam dez minutos para chegar ao ponto indicado no Maps.

— Desculpa, Ariel. Fiz merda, tava com medo que alguma coisa acontecesse com a Mari. A gente resolve isso depois, pode ser? Esse é um trampo único que eu peguei. Já tá acertado com a Nicole, depois disso já era.

— Você sabe o quanto eu não suporto minha mãe, né? Mesmo assim, prefiro ir pra casa dela agora. A gente acabou aqui, Guilherme.

— Não, Ariel, espera...

Ela desligou.

Rato tocou na tela; ia ligar de volta, mas sentiu o rosto paralisar ao ver a notificação de mensagem. Era de Nicole.

A GENTE PRECISA CONVERSAR.

Foi quando a Mitsubishi bateu na moto e Rato rolou pelo asfalto quente da rodovia.

Rato abriu os olhos. Mundo girando. Barulho de carros na rodovia, sol e poeira. A Mitsubishi preta estacionada no acostamento. A moto caída no matagal.

O entregador tentou se levantar, mas a cabeça pesava e ele quase caiu de lado. Usou a mão esquerda para impedir a queda e teve a palma raspada pelo cascalho e pela terra da beira da rodovia.

Do carro, viu sair um rapaz. Pele branca, rosto liso e magro, usando uma camisa de seda com as mangas dobradas até o cotovelo. O rapaz tirou do cinto duas bolinhas de metal, que estavam incrustradas ao lado de várias outras. Um pedaço de metal esverdeado e o manipulou com os dedos; em seguida, uma fumaça se ergueu do metal até que ele desaparecesse. Das mãos do sujeito se acendeu uma labareda. Ele manipulou a chama, quase como argila, até que ficasse do tamanho de uma bola de handebol.

Apesar da distância, a pele de Rato esquentou rápido. O rapaz arremessou a bola de fogo em direção a Rato.

Ele rolou na terra para se desviar do objeto, a bag ainda nas costas, o que dificultou o movimento. Escapou de um ataque fatal por um triz, mas o fogo queimou uma das mangas de proteção UV que ele usava. Ele o apagou com tapas. Encarou, incrédulo, o rapaz tirar mais cinco bolinhas de Ox do cinto e absorvê-las pelas mãos. O rapaz se aproximava. Ele ria. O motorista, ainda sentado na Mitsubishi com o braço esquerdo apoiado na janela aberta, ria também.

— Dá uma segurada no hadouken, já tô no chão! — pediu Rato.

Ele ia mesmo levar aquilo até o fim? Não tinha necessidade de matar o entregador. Rato estava ali, indefeso, e a encomenda estava na bag. Olhou para o rapaz, que agora ostentava um cenho severo, lábios pressionados.

O rapaz olhou para o motorista.

— Tito, vai você!

O motorista desceu do carro.

Rato queria fugir, mas suas pernas não obedeceram. Olhou pra baixo, os pés presos ao solo por uma camada de gelo. Cheiro de borracha queimada. O desgraçado do playboy o imobilizou? Sentiu o gelo derreter o suficiente até quebrar, subindo um fino rastro de vapor. Puxou as pernas até soltar os pés. Respiração ofegante, cabeça ardendo.

O motorista colocou a mão por dentro do paletó, de onde tirou uma pistola.

— Mão na cabeça!

Rato se ergueu em um salto. Tito deu um tiro pra cima e o motoboy encolheu a cabeça.

— Para com isso, tô parecendo uma tartaruga ninja aqui.

Correu em direção à moto e levantou o veículo imediatamente.

— Não deixa ele fugir — ordenou o playboy.

Rato já estava fazendo o pneu da moto cantar.

Dois tiros. Ambos se perderam em meio ao pasto.

— Não é pra matar! — berrou o rapaz.

Rato olhou por cima do ombro e viu que os dois retornavam para o carro e disparavam em seu encalço.

O motor da moto reclamava e suas capacidades eram testadas a cada instante. O combustível já no fim. Nada nos arredores a não ser um posto surgindo no horizonte, sem pressa. A parada onde estava combinada a entrega. O trampo estava cancelado, mas Rato precisava de gasolina. Uma parada rápida, de cinco minutos. Seria o fim. Não podia parar. E, se não parasse, não teria como despistar seus seguidores.

Rato precisou tomar mais uma vez a decisão que sempre retornava em sua vida. Como ia cair? Lutando ou cedendo?

A cabeça doía e o cheiro de borracha queimada subiu mais uma vez.

À frente, Rato viu o asfalto se abrir em uma cratera do tamanho de um ovo frito e se desviou no último segundo. Atrás vinha o carro preto, acelerando. O rapaz estava com metade do corpo para fora do teto solar, movia as mãos e braços em busca dos efeitos mágicos.

Depois da primeira cratera, outra surgiu. E mais outra. O asfalto foi redesenhado conforme Rato avançava. Desviava dos obstáculos, evitando se chocar contra outros veículos. A cabeça doía. Doía nada, ardia. Enxaqueca matando, mundo ruindo. Ao redor, tudo era transformado. Elementos saíam de seus lugares, misturados, transmutados. Trocados.

Rato sabia o que era a troca. Em teoria, mas sabia. Gente de sangue azul nascia com a capacidade de dominar a arte mágica de consumir Ox e reorganizar os elementos como quisesse. Rato conhecia a troca só pelo que diziam. Pela TV. Nem no dia anterior, na explosão, conseguiu ver direito o que aconteceu. Era a primeira vez que estava vendo tudo ser trocado ao seu redor. Pensou na quantidade de Ox consumida. Quantos boletos poderia ter pago com aquilo? A cabeça ardia.

Jogou a moto para a direita, comeu três faixas da rodovia, perseguido por buzinas e pelo ruído agudo de freios. Um caminhão estava na faixa mais à direita e a buzina grave alertou Rato a tempo de inclinar a moto. Por poucos centímetros não se arrebentou nas rodas. O retrovisor denunciava o estrago na rodovia, dois carros haviam batido com a manobra de Rato e já estavam parados. A Mitsubishi sumiu de sua vista. Ele deu um suspiro de alívio, um peso a menos nos ombros.

Menos de cinco minutos depois, Rato se deu conta de que tinha sido tudo em vão. Os retrovisores da moto mostraram a cena. O rapaz voava. O corpo rijo, quase um soldado de postura perfeita, em pé sobre um disco de terra, asfalto e pedra. Em suas mãos faíscas elétricas brilhando. Olhos de fúria. De destruição. Olhos que Rato estava acostumado a ver sempre que entregava em bairros de boy.

O rapaz rasgou os ares como papel, superou a velocidade da moto. Os raios em suas mãos faziam um som de transformador sobrecarregado, e a primeira rajada acertou as costas de Rato. Uma corrente elétrica fez seu corpo formigar, mas ele não caiu. Ainda estava consciente. A testa suando em bica. A enxaqueca empurrava as paredes internas de sua cabeça e a qualquer momento lhe despedaçaria o crânio, mas estava inteiro. A moto também. O marcador de combustível mostrava o tanque vazio, mas Rato não perdeu velocidade. Viu o posto se aproximar, passar e ficar para trás. Acima, mais uma rajada elétrica era preparada pelas mãos do rapaz desconhecido. Playboy filho da puta.

Rato freou por um segundo, jogou a moto por cima do canteiro central e voltou no sentido oposto da rodovia. No retrovisor, viu o rapaz dissipar as rajadas elétricas em suas mãos e levar o celular à orelha. Aos poucos perdeu altitude até pousar no acostamento e sair da vista de Rato.

Levou o motor à sua capacidade máxima. Que a moto aguentasse. Que a enxaqueca desse trégua, porque seus olhos já começavam a escurecer e a rodovia ficava turva. Cheiro de borracha queimada.

Rato ameaçou desmaiar e deu um tapa no próprio rosto. *Acorda, não dá mole!*

Acelerou. Adiante era só rodovia. Nem sinal de cidade ainda. A cabeça era perfurada pela dor, os ombros e o pescoço estavam tensos, quase cimentados no tronco de Rato.

Aos poucos, sua respiração voltou ao normal. Estava vivo, estava bem, apesar de tudo. Ninguém mais o seguia.

Mais uma vez, o retrovisor foi portador de más notícias. Não havia sinal do playboy, mas a Mitsubishi tinha voltado. Tinha nada. Era outra. Outras. Rato contou ao menos três carrões pretos perseguindo sua moto arranhada.

5

Dois carros emparelharam nas laterais de Rato e um terceiro acelerava atrás, quase tocando a traseira da moto. Rato ensaiou um zigue-zague para fugir do cerco e no último instante acelerou, arriscando ir para a esquerda. Um dos carros acelerou junto e ele quase foi ao chão, acima dos cem quilômetros por hora. Um reflexo fez o entregador recuar. Estava outra vez à mercê dos carros que o perseguiam.

Respirou fundo. O ar não voltou aos pulmões. O tapete de piche se esticava por mais um ou dois quilômetros, liso e vazio. O sol já tinha começado a descer do céu, fervendo, desafiando o mundo abaixo em uma sessão de tortura batizada de duas da tarde. Adiante, nenhum carro. Estranho. Nenhum caminhão também. Rodovia vazia em dia de semana? À frente havia uma barricada da polícia rodoviária.

Puta que pariu.

Não que fosse surpresa ver os porcos ajudando um nobre.

Acabou, Rato.

Acabou nada!

Rato repetiu zigue-zagues, cachorro louco. Deixou que os carros tentassem fechar sua passagem. Previu que os veículos seriam jogados em sua direção para forçar uma batida. Rato era rato, Ben-Hur do asfalto. Diminuiu a velocidade para que arranhassem as laterais um no outro, então chegou perto do carro de trás e derrapou para a direita. O asfalto era só fumaça e barulho de batida. Depois de freios.

Quando os veículos recuperaram o controle, Rato já estava rasgando o pasto. Ajeitou os retrovisores para ter certeza de que abria vantagem contra os perseguidores. Vantagem essa que diminuiu aos poucos. Os veículos o seguiram para fora da rodovia, abrindo rasgos na terra seca, sambando pelo terreno.

Correndo em sua direção, Rato viu um milharal. Uma chance, enfim. Inclinou a cabeça para frente e deixou que a parte de cima do capacete recebesse a maioria dos ataques vegetais. Vista ofuscada pelo excesso de obstáculos, velocidade reduzida. Cabeça ainda ardia. E ardia mais.

Sem a orientação do asfalto e suas faixas, Rato jogou a moto para o rumo que julgou ser paralelo à rodovia, em direção à cidade. Queria atravessar a barricada ali, oculto do olhar faminto dos porcos, e depois retomar sua fuga pelas vias tradicionais. Avançou. Os esbarrões na plantação e a dor de cabeça não faziam promessas de trégua.

Um carro surgiu de lugar nenhum e acertou em cheio a lateral de Rato. O entregador foi jogado para dentro do milharal, a moto mais uma vez inerte, refém das investidas dos perseguidores.

Um homem desceu do veículo. O motorista, chamado de Tito pelo nobre. O jovem patrão não estava ali. Era apenas Tito e Rato, e um sem-fim de milhos como testemunhas.

Tito avançou com a arma em riste, apontando para a frente em direção ao chão. Rato sentia dor na perna e ouviu o barulho da plantação sendo atravessada por passos.

— Aí, irmão, o poderoso chefinho falou pra não me matar.
— Isso foi antes dessa bagunça. Se você tentar fugir de novo, não vai ter jeito.

Então ia morrer mesmo, porque sem chance de ficar ali pra ver o que eles fariam com ele.

Quando Tito se aproximou, Rato o reconheceu de verdade. Não eram amigos. Nem vizinhos. Rato pegava o 451 toda manhã quando entrou para a fábrica de carros, trabalhando na linha de montagem. Isso foi antes da crise ter mandado embora mais de mil funcionários. Quatro conduções todos os dias, duas pra ir e duas pra voltar. No pé do Morro do Livramento, passava a primeira. O 451. Todos os dias Rato subia, deixava um bom-dia ao motorista, passava o cartão de transporte fornecido pela firma e escolhia um assento, se ainda restasse algum. O motorista do ônibus respondia com um bom-dia automático, só mais uma das dezenas de bons-dias repetidos até mesmo quando ainda não era dia e também quando não era bom.

Rato se viu erguendo a mão para se proteger de um tiro. E quem estava do outro lado da arma era o motorista do 451. Devia ter conseguido uma oportunidade melhor. E daí que era motorista de um nobrezinho qualquer? Ganhava melhor. Tinha vida pra resolver, família pra cuidar.

Rato olhou bem para o homem que ia matá-lo. Não era gente branca engravatada. Era preto, como ele. A gravata era só o uniforme que o patrão exigia. E, por baixo daquela camisa branca suada nas axilas, Rato reconheceu o motorista do ônibus que anos antes o levou ao trabalho todos os dias. Adiantava conversar? Tito não ia se lembrar dele. Tinha se passado muito tempo, e eram tantos passageiros.

A dor de cabeça aumentou. Arma na cara, dedo no gatilho. Era isso. Tentar fugir e tomar um tiro ou ficar ali pra descobrir o que eles queriam. Rato levantou. Ouviu o estouro do tiro e escolheu gastar seu último segundo de vida pensando em Mariângela.

Mas ainda estava vivo. Sem ferimentos de tiro. Tocou os próprios braços, ergueu a camiseta para ter certeza de que não sangrava. A bala furou a roupa, mas não a pele. Estava inteiro. Mais uma vez, o cheiro de borracha queimada. Cheiro forte, de embrulhar o estômago e tudo.

Tito estava imóvel, boquiaberto. Arriscou mais dois tiros. Em um reflexo, Rato protegeu o rosto, mas não precisava ter protegido nada. As balas acertavam sua pele e se destruíam sozinhas. Tinha literalmente se transformado em pedra. As pontas dos dedos que escapavam da luva, o braço que respirava através do buraco queimado em sua manga. Uma textura rugosa e rígida, marrom da cor de sua pele. Tito retornou ao carro às pressas, depois acelerou em fuga. O horror em seus olhos.

Rato procurou à volta. O nobre só podia estar por perto, brincando com o próprio funcionário, prolongando a agonia do alvo. Sentiu dificuldade de andar, seu corpo estava muito pesado e denso. Aos poucos a textura de pedra desapareceu e seu corpo voltou ao normal. Não ia ficar pra ver; recuperou a moto, que tinha as rodas desalinhadas e a lataria amassada.

Teve dificuldades de se equilibrar sobre ela, mas insistiu porque era sua única chance de sair dali.

Acelerou pelo milharal. A sensação de que estava sendo vigiado só aumentava. A qualquer momento poderia ser sua vez. Se não fosse uma bola de fogo que o queimaria por fora, seria uma rajada elétrica que o queimaria por dentro. Se não tivesse o corpo transformado em uma estátua de gelo, seria em estátua de pedra. Quantidades altas de Ox usadas para causar terror e a morte de alguém que era nada para um nobre.

Rato decidiu que não podia morrer assim, sem aviso. Tocou a tela do celular, que estava trincada, e fez uma ligação para Ariel. Chamou até cair.

Ligou de novo.

Nada.

Ligou outra vez. Nem chamou, tocou um aviso de que o telefone tava fora de área.

Ariel tinha desligado o celular. Merda.

Não podia morrer assim, sem dar satisfação pra ela. Sua filha tinha que saber o que aconteceu com o pai. Se não podia tê-lo a seu lado, ao menos ia crescer sabendo que não tinha sido abandonada.

Ligou pra Carlinho.

Rato nem esperou Carlinho falar alô.

— Mano! Preciso que cê fale com a Ariel. Tô fodido aqui. Pode ser que eu rode...

— Como assim, mano? Onde cê tá? Tá até sem ar...

Rato respirou fundo.

— Nem sei. A Ariel não tá falando comigo agora. Se eu não voltar, quero que cê ligue pra ela e avise o que aconteceu. Tô sendo seguido por um playboyzinho nobre. Ele encrencou com a minha entrega e tá tentando me matar.

— Calma, mano. Respira. Vem pra cá.

— Não rola, eu tô na rodovia ainda.

— Vem pra cá mesmo assim. Tá cheio de gente aqui.

— Como assim?

— Na estátua, lembra? Meu texto de ontem fez sucesso, aí eu comecei uma *live* pra falar sobre a estátua e já virou manifestação. Esse lugar tá cheio. Cê vai conseguir, no meio da galera...

A ligação caiu. O sinal estava instável.

Rato se ergueu na moto, olhou por cima do milharal para ter certeza de que já tinha ultrapassado a barricada, então atropelou mais uma seção da cerca de arame farpado para retornar à rodovia. À frente, um pedágio.

Furou o bloqueio porque não tinha escolha. Mesmo ao soar do alarme, Rato não se deixou intimidar. Acelerou sob o castigo do sol da tarde e da dor de cabeça mais filha da puta de toda a vida.

Demorou para que visse carros outra vez; a barricada deixou a rodovia livre por alguns quilômetros.

Pegou a última entrada à esquerda, rotatória e viaduto. Pronto. Começou a ver casas, prédios e estabelecimentos. Talvez não fosse necessário ir até Carlinho, estava seguro. Foi o que pensou até ver um espigão de chumbo emergir do asfalto à sua frente. Derrapou, evitou o choque por pouco, então acelerou o máximo que o trânsito urbano permitia. Procurou ao redor e nos retrovisores, e se deu conta que ainda estava sendo seguido. O playboy voava em alta velocidade sobre um disco de terra e asfalto, o rosto olhando para frente. O Superman existia e não gostava de pobre. Nas mãos, o rapaz conjurou novas bolas de fogo um pouco maiores do que seu punho e arremessou uma por uma, a cidade não importava, as pessoas, menos ainda.

A primeira bola de fogo acertou uma Fiorino à frente de Rato. O estilhaço flamejante se alastrou pela caçamba.

Rato trocava de faixas, dançava no asfalto. Estava claro que o nobre, aquele Superman do inferno, não tinha ressalvas a machucar outras pessoas enquanto caçava o motoboy. As manobras com a moto buscavam, no desespero, confundir o perseguidor.

Com os nervos inflamados, Rato olhou por cima do ombro a tempo de inclinar a cabeça e se desviar da segunda bola de fogo. O projétil acertou a traseira de um ônibus. O veículo de costas chamuscadas tinha os passageiros aos berros, correndo para a parte frontal para fugir do calor. Para fugir de tudo, porque o barulho do impacto foi o de uma língua de fogo rasgando o vento.

O peito de Rato apertou. Estava cada vez mais próximo o momento de alguém ali se machucar por causa dele.

Por causa de quem? Ele não tinha feito nada!

O playboyzinho podia muito bem escolher segui-lo sem realizar ataques. Podia escolher derreter seus pneus, congelar seu combustível. Havia inúmeras formas de pará-lo sem colocar em risco outras pessoas. Aquilo não era uma perseguição, era um recado. E não apenas para Rato.

Costurou pelas ruas da cidade, evitando a marginal. A terceira bola de fogo acertou uma árvore e uma fogueira instantânea botou pra correr os vendedores de pipoca na praça. Os pais, assustados, recolheram as crianças que brincavam no parquinho. Até os idosos na academia ao ar livre abandonaram a repetição de seus exercícios para fugir do ipê amarelo transformado em um grande carvão em chamas.

Esse era o problema das bolas de fogo. Seu tamanho não assustava, mas suas chamas eram conjuradas para lamber qualquer superfície inflamável.

Rato fugiu. Escolheu uma rua íngreme, forçou o motor para vencer a subida. Perdeu velocidade lá em cima, perto do final. Veio a quarta bola de fogo. Uma curva para a esquerda salvou Rato mais uma vez. A chama atingiu o asfalto bem no cruzamento, o que adiou os planos dos motoristas que seguiam por ali.

Só restou ao motoboy enfrentar as ruas irregulares do bairro da forma menos previsível que conseguiu. Virava assim, de última hora, sem planejar o movimento. Tinha uma ideia geral de onde queria chegar, mas não havia tempo para calcular a melhor rota. Pilotou na intuição que só tinha quem vivia de vencer as ruas da capital todos os dias.

Mais à frente avistou muros brancos, canteiros de flores e grama bem aparada. Volta e meia, portões prateados com um par de guaritas de vidro escuro. Era o Dona Sônia. Rato celebrou a proximidade, mas o condomínio era grande. Contornou aquela monstruosidade urbana. O nobre não ousou jogar bolas de fogo ali. *Taca fogo agora, filho da puta. Taca nada. Se acertar uma só parede dessas, vai arrumar guerra com pelo menos três duques. Talvez até mesmo com o próprio pai, vai saber.*

Rato aproveitou para fazer a única coisa que podia. Acelerou. O motor gritava, pedia alívio, o velocímetro perguntando se o motoboy tinha certeza do que fazia.

E então Rato se deu conta do que fazia. Podia até não ser culpa dele que outras pessoas sofressem com os ataques daquele boy voador, mas ele sabia que o barão não tinha respeito por ninguém que não fosse morador do Dona Sônia. Levá-lo até a manifestação de Carlinho era a mesma coisa que machucar ou matar pessoas só pra tentar fugir.

Logo adiante surgia o topo da estátua de Bernardo Gama. Logo adiante, onde Rato decidiu frear. Não ia fugir assim, tratando os seus como peças descartáveis. Era isso que os nobres queriam. Era isso que todo mundo fazia sem se dar conta. Pobre trocando soco com pobre pra ter migalha, enquanto doutor enchia o bucho com carne assada na mesa da mansão.

Não ia fazer isso, não. Que Rato morresse ali, sozinho, sem direção ou perspectiva. Não ia levar um dos seus junto para o prazer de um nobre qualquer. Se quisesse matá-lo, estava ali. Ele ia sozinho. Desceu da moto e a deixou cair de lado, colocou a bag no chão a seu lado, dela escapava uma fumaça. Tirou o capacete e o jogou no canteiro externo do Dona Sônia, porque, se a única chance de vingança era amassar um arbusto na hora da morte, ia aproveitar mesmo assim.

O boy o olhava.

— Você vai morrer.

Rato ergueu os olhos, fechou a cara e os punhos, levantou os braços em posição de combate. Porque, se ia para uma batalha perdida, ia com as armas na mão.

— É só colar, irmão.

O rapaz parou sua plataforma voadora no ar, pegou mais um monte de pedras de Ox em seu cinto e conjurou, acima da cabeça, uma mistura de fogo e gás. Algo explosivo, porque era o show que o verme queria. Ele arremessou a mistura aos pés do entregador. Rato nem desviou. Também não fechou os olhos, porque não era agora que ia abaixar a cabeça pra playboy. Esperou o fim.

Um fim que não veio.

Rato se viu no ar, arremessado pela explosão. Ao seu redor, uma bolha de ar o protegia do impacto. Que merda era aquilo?

Além de Rato, a bolha envolvia a moto toda amassada. A bag se abriu com a explosão, deixando escapar um fumacê e uma caixa de madeira despedaçada que caiu no chão da bolha. Rato viu com os próprios olhos, pela primeira vez tão de perto, um pedaço de Oxiomínio esverdeado e fumacento. Um bloco em formato de cubo, mas que aparentava ser um queijo suíço, já que havia vários buracos de onde a fumaça era expelida.

A bolha viajou pelo ar, empurrada pela explosão. Lá embaixo, a cabeça de Bernardo Gama aguardava o impacto com centenas de pessoas olhando pra cima, filmando de seus celulares ou até mesmo correndo para fugir da fúria de um nobre contrariado. Dentro da bolha Rato e os objetos flutuavam com a queda.

Rato não sabia o que fazer. A cabeça ardia, a bolha caía na velocidade de um avião desgovernado. Quando atingiu o topo da estátua, ele viu parte do Ox desaparecer. A estátua se transformou e o concreto e a estrutura de metal viraram água. A estátua de dez metros se desfez na frente de todos, como se derretesse aos encantos do sol da tarde. Rato pousou leve sobre a base de concreto da ex-estátua enquanto a água alagava a rotatória, parando o trânsito e banhando parte da multidão. Então Rato percebeu. Era ele. O tempo todo havia sido ele. A moto sem combustível andando em alta velocidade, a pele transformada em pedra. Até mesmo o gelo imobilizando seus pés sendo quebrados e, por fim, uma estátua histórica virando água suja.

A cabeça doendo e o Ox sendo consumido. Rato era um trocador.

Tudo aconteceu muito rápido. A seu lado, viu Carlinho boquiaberto, paralisado com o celular em riste, fazendo uma *live* da manifestação. No céu, o nobre furioso desceu, bala perdida, e pousou no centro da rotatória. Rato o olhou de cima. Viu que o embate só teria fim com a morte de um dos dois.

6

O nobre tocou o cinto, irritado percebeu que não havia mais pedras de Ox ali. Da multidão surgiu um homem de terno com uma maleta na mão. Ele correu até o rapaz e abriu a maleta a seus pés, exibindo inúmeras pedras de Ox acondicionadas em uma espuma com buracos redondos.

Rato avisou o amigo.

— Carlinho, é melhor cê ir embora.

— Nem pensar.

Carlinho se afastou alguns passos, porque era curioso, mas não burro, e enquadrou o celular para captar o máximo que pudesse da briga.

Rato não sabia o que fazer. Toda a troca de sua vida aconteceu na última hora, de forma intuitiva. À sua frente estava um playboy criado para aquilo desde o nascimento, provavelmente com instrutores especialistas e treino pesado com toda a quantidade de Ox imaginável.

O rapaz queimou três pedras de Ox com um rastro sutil de fumaça. Seus olhos estavam acesos, as mãos, mais ainda. Duas bolas de fogo do tamanho de bolas de tênis dançavam em círculo com órbitas em X acima de sua cabeça. Eram diferentes, não tinham só a cor do fogo, havia um tom esverdeado nas chamas.

O motoboy não sabia o que esperar. Tentou imitar os gestos. Punhos cerrados, movimentos que se assemelhavam a boxe amador ensaiado em câmera lenta. Uma fumaça preta subiu do estoque restante de Oxiomínio ao lado dos pés de Rato. O cheiro forte de borracha queimada fez seus olhos lacrimejarem.

Rato não sabia nada. Viu a primeira bola de fogo vir em sua direção, um cometa de magma que não teria dificuldades em abrir um rombo em seu peito. O tiro foi tão rápido que Rato só fez proteger o rosto com a mão espalmada à frente.

O projétil recuou e o novo trajeto o enviou em direção à fachada de uma loja de utilidades domésticas, do outro lado da rua, em uma das entradas da rotatória.

Um grupo de pessoas se aglomerava na calçada, uma mistura de manifestantes, clientes e até de funcionários. Rato ergueu o braço em reflexo e desespero. A bola de fogo alterou o trajeto, mas estacionou em cheio no poste de luz. O estrondo trouxe blecaute imediato na região. Chuva de faíscas, correria nas calçadas e até trânsito invadido por pedestres desesperados. Quando o fogo se dissipou, um líquido esverdeado corroeu o topo do poste.

Rato encolheu os ombros, assustado. Olhou para suas mãos. Pequenos redemoinhos de ar estavam conjurados em suas palmas. Seu adversário lhe lançou um olhar de reprovação.

— Ox não é infinito. Isso é desperdício!

— Porra, cê ia me matar. Se eu não tivesse feito nada, cê ia dizer que o investimento valeu a pena?

O playboy sorriu.

— Mais ou menos por aí.

E lançou a outra bola de fogo.

Rato simulou um movimento, como se erguesse alguma coisa com as mãos. O trajeto do projétil foi alterado para cima em noventa graus. Dessa vez, o rapaz estava preparado, ergueu o braço esquerdo e acenou com o indicador, quase como um maestro. A bola de fogo ácida retornou. O ar cantava em anúncio ao impacto, e o alvo era a cabeça de Rato. O motoboy olhou para cima, esticou os braços, mas viu que seu esforço não fazia o objeto retroceder. Cada vez mais perto. Cada vez mais quente.

Rato pegou o Ox no chão e saltou para o canteiro da rotatória. Não era atleta, caiu troncho, tornozelo torcido. Atrás de si, o impacto reduziu a base de concreto da ex-estátua a uma nuvem de poeira e estilhaços de cimento arremessados em todas as direções. O líquido esverdeado corroía o que restou do concreto. Fumaça cinza, cheiro forte de cola. Pessoas feridas, vidros de carro trincados, estabelecimentos com suas fachadas danificadas, toldos perfurados. Já se ouvia crianças chorando, buzinas de motoristas impacientes em busca de uma rota para sumir dali. O rapaz alcançou mais cinco pedaços de Ox e agitou os braços para fazer surgir três novas bolas de fogo ácidas a flutuar logo acima de seu topete brilhante.

O que fizesse poderia até ser suficiente para sua sobrevivência, concluiu Rato, mas não seria seguro para o resto das pessoas ali. Olhou para o lado e viu Carlinho escondido atrás de uma árvore, com o celular à vista, ainda filmando o confronto.

— Mano, cê precisa sair daqui...

Rato ia pedir que o amigo se protegesse e que dissesse pras pessoas saírem dali também. Ia. Antes que concluísse a frase, o ar foi cortado por mais uma bola de fogo. O assovio anunciou a velocidade com que o ataque vinha. Rato ergueu o braço, pronto para se proteger, ou ao menos tentar. Ensaiou alguns movimentos adicionais, como se reunisse diante de si um amontoado de vento que circulava por ali alheio às mazelas da tarde. O movimento final foi um empurrão com as duas mãos. Cabeça ardia, fumaça subia.

O projétil retornou a seu conjurador original. Dessa vez o fazendo estender a mão esquerda na tentativa de aparar o contra-ataque, mas precisou segurar o próprio pulso com a outra mão. O rapaz pressionou os dentes, uma gota de suor descendo por sua testa oleosa. Já viu raiva de rico sendo tratado igual a todo mundo? Mesma coisa. O braço chegou a tremer. A fúria de ter encontrado um adversário à altura no lugar de um indefeso levou o nobre ao ataque derradeiro. Ele movimentou os braços de forma intercalada e arremessou três objetos, um de cada vez. As bolas de fogo flutuantes obedeceram, prometendo perfurar o entregador.

Rato repetiu seus movimentos anteriores. Confiante, havia aprendido a rebater os ataques do rapaz. A fumaça do Ox queimado subiu. Mãos à frente, em movimento de empurrão. Peito esvaziado em movimento de sopro. Naquela tarde, na rotatória em frente ao Dona Sônia, correu a maior ventania que a cidade tinha visto em anos. Árvores se inclinaram, perdendo boa parte das folhas antes que o outono decidisse que era sua hora. Pessoas seguraram seus cabelos, suas saias. Carlinho, um graveto de gente, agarrou-se a uma árvore, rindo da mesma coisa que os loucos riem.

Os projéteis não resistiram, retornaram a seu criador. Rápidos e implacáveis.

Com movimentos rápidos, o rapaz consumiu uma boa quantidade de Ox, depois viu sua camisa de seda ser perfurada pelas três bolas de fogo que ele mesmo havia criado. Viu sua roupa queimar. Seu rosto foi rompido pelo horror.

O jovem foi arremessado pelo impacto, pousando na lateral de um caminhão. O nobre não ria mais, nem provocava. Caiu no asfalto de barriga para baixo, inerte. O ácido corroía o resto de sua camisa, e queimava seu peito, agora transformado em uma pedra rugosa e branca.

Rato o observou, atento. Ao notar um movimento mínimo nos ombros do inimigo, aproximou-se.

— Fica no chão, véi. Se levantar, apanha mais.

Ele não levantou.

Por alguma razão, as chamas não se espalharam pelas roupas e pelo corpo do rapaz, embora o ferimento fosse extenso, deixando uma assinatura roxa imediata no tronco do sujeito, além de enrugar a pele pelo contato com o ácido.

Então, sirenes. Muitas sirenes.

Carros e pessoas abriram espaço para as tropas da polícia, que saltaram de seus camburões com as metralhadoras empunhadas. Gritos de "sai, sai, sai" fizeram a população sair do caminho.

Rato deu dois passos para trás, para que os homens chegassem ao rapaz, chamassem uma ambulância ou o levassem direto para a delegacia. Ainda desnorteado, viu um policial avançar até o rapaz, desarmado, tocou o ombro dele e lhe perguntou algo em voz baixa. A surpresa maior foi o cano da Colt apontado direto para a cara de Rato.

— Que porra é essa, irmão?

— Mão na cabeça. Mão na cabeça.

Rato obedeceu. Não foi a primeira vez que um policial o mandou colocar a mão na cabeça. Também não foi a primeira que ganhou uma coronhada mesmo após obedecer. Também não foi a primeira vez que foi preso.

Rato decidiu que aquele era um dia histórico, porque ao seu redor estavam reunidas as coisas que mais odiava. Lâmpada fluorescente zumbindo, ventilador de teto barulhento, calor da porra. E, claro, homens fardados tomando café como se tentassem compensar a falta de melânina.

Sua cabeça doía, mas não era mais a enxaqueca. A dor era externa, da têmpora marcada pela coronha. No seu braço esquerdo um curativo pequeno com adesivo e algodão avermelhado.

Na sua direção veio o arrombado de um polícia. Era só o que faltava mesmo.

Ele abriu as algemas das mãos de Rato, mas não abriu as que uniam seus pés por uma corrente curta, depois pegou o entregador pelo cotovelo e o levou sem dizer nada, como uma carga inconveniente.

Rato só conseguia dar passos pequenos por causa das algemas nos pés. Volta e meia tropeçava. Avançaram pelos corredores. A delegacia parecia ter sido construída com sucata de segunda mão, forro amarelado, cheio de buracos, fios elétricos à vista em quase todas as salas, além de divisórias de compensado de madeira recheadas de cupim.

O polícia levou Rato até uma sala e fechou a porta, depois colocou o motoboy em uma cadeira, onde o algemou. Rato queria perguntar o que era aquilo e por que razão estava ali, mas, depois de uma análise da situação, concluiu que queria mesmo era manter os dentes na boca. O polícia deixou a sala.

Só então Rato se deu conta de que foi algemado com uma corrente mais curta, se viu obrigado a permanecer curvado na cadeira, sem conseguir sequer descansar as costas.

Apenas alguns minutos se passaram, mas a coluna discordava, argumentando com o resto do corpo que na verdade eram horas e horas com o corpo torto.

A porta se abriu.

Rato ergueu os olhos para ver quem era, a pessoa não usava farda e sim um vestido branco com adornos dourados e saltos altos dignos de qualquer Cinderela por cima da carniça.

A senhora se aproximou. Cabelos brancos em corte curto, uma das laterais mais comprida do que a outra. Rato notou que as faixas douradas que adornavam o vestido traziam pedrinhas de Oxiomínio. Algumas estavam faltando. A visitante acenou a mão perto das algemas. Não teve fumaça nem cheiro, mas o metal se retorceu para libertar Rato e depois se fundiu em algemas vazias, que caíram de imediato.

A velha era praticamente um Yoda com conta bancária.

Rato se inclinou para trás e olhou a senhora de expressão neutra. Nenhuma de suas rugas sutis acusavam qualquer expressão de raiva ou intimidação. Os saltos martelaram o assoalho liso da delegacia e, quando chegou à porta, falou, sem se virar.

— Comigo.

Rato caminhou pela delegacia logo atrás da mulher. Toda vez que apertava o passo para ficar ao lado de sua libertadora, ela acelerava também, sempre se pondo alguns centímetros à frente.

Ao atravessar o corredor principal e chegar na recepção, a mulher parou em frente ao portão de ferro que separava a parte interna da delegacia da entrada, onde eram recebidas as queixas. Sem dizer palavra, um policial se aproximou, passou um cartão no leitor digital, liberando a passagem da mulher.

Rato sentiu o pulso acelerar com a aproximação do policial, mas se manteve calmo. Ninguém parecia se importar que ele, capturado há pouco tempo, saía da delegacia sem precisar de fuga. Aproveitou o portão aberto e atravessou também. Nenhum protesto. Nenhum grito de "volta aqui, vagabundo", nenhum tiro nas costas só de aviso. Aquela foi a maior surpresa de Rato desde a sua prisão.

A mulher caminhou até o elevador, então virou o rosto de lado, sem olhar para trás. Rato entendeu a deixa e se aproximou.

— Pra onde cê tá me levando?

Sem resposta, a senhora apertou o botão.

Rato tocou os bolsos.

— Acho que esqueceram de devolver minhas coisas.

A mulher enfiou a mão dentro de uma das largas mangas do vestido e tirou de lá uma sacola com um fecho plástico. Dentro, estavam a carteira e o celular de Rato.

— Valeu.

Os dois entraram no elevador.

A mulher mantinha as mãos repousadas na barriga esbelta, com os braços nas laterais do corpo em um formato estranho que Rato resolveu batizar de asas.

— Você sabe quem eu sou? — ela perguntou.

Rato fez que não.

— Duquesa do Iguaçu, mas pode me chamar de Elis.

Rato repensou e decidiu que essa sim foi a sua maior surpresa desde a prisão. Não a parte sobre ela ser uma duquesa, a parte de uma duquesa o tirar da cadeia.

— Cê tá me soltando por quê, tia?

A duquesa repuxou o canto da boca, mas não disse nada.

Rato insistiu.

— Sabe o que é? Posso ser pobre, mas não sou burro. Tô com a impressão de que, quando esse elevador chegar lá embaixo, a gente não vai seguir cada um o seu caminho.

O motoboy investigou o rosto da duquesa em busca de resposta. Nenhum movimento. Nenhuma pista. Até que ela respondeu.

— Garoto esperto.

— Tenho quase trinta, tia.

— E eu não sou sua tia.

— Falou.

O elevador fez um *plim* assim que chegou ao térreo.

Elis avançou pela porta aberta como se fosse proprietária do oxigênio e recebesse comissão por cada respiro no mundo. Rato a seguiu pelo hall de entrada, que tinha um pé-direito construído por alguém que acreditava que qualquer dia desses gigantes visitariam a delegacia ou o cartório, no subsolo.

Um homem de terno aguardava Elis em frente a uma limusine. Porque não bastava ser rica, tinha que ter mau gosto.

O homem abriu a porta para ela, depois se virou para Rato.

— A duquesa está aguardando.

— Eu não vou entrar aí.

O homem enrijeceu os ombros e caminhou em direção a Rato.

— Tudo bem, Cláudio — falou a duquesa. — Eu falo com ele.

Sem olhar para Rato ou ao menos inclinar-se para fora do carro, ela argumentou.

— Você não acha que, depois de eu pagar sua fiança, você podia ao menos conversar comigo?

— Quer conversar, anota meu zap. Não entro em carro de quem não conheço nem fodendo.

— Pelo que sei, você está desempregado. E tem uma filha. Aliás, sua esposa está grávida. Se você for esperto, vai ouvir a proposta antes de me dar as costas.

Como caralhos aquela velha sabia de sua filha e da gravidez de Ariel? Todos os pelos do corpo de Rato se arrepiaram. Queria ver aonde a conversa levaria.

Entrou na limusine.

Sentou-se ao lado da duquesa. No banco da frente, até então invisível para Rato, estava sentado um rapaz que ele reconheceu. O playboy, com a camisa rasgada e o peito marcado, segurava uma garrafa gelada de alguma porcaria metida a besta com o rótulo em outro idioma.

Agora, sim, Rato tinha certeza de que tinha chegado ao auge de sua surpresa após a prisão.

— Vai levar esse bandido no nosso carro? — falou o playboy.

Rato rebateu rápido.

— Olha só, papagaio-do-peito-roxo no meio da cidade.

O rapaz virou-se para trás, olhar furioso. Abriu a boca, mas foi interrompido pela duquesa.

— Calados. Os dois. — A duquesa tirou um espelho da bolsa e retocou a maquiagem, quando terminou se virou para Rato.

— Você já conheceu o Elon.

Ainda por cima se chamava Elon. E diziam que pobre que não sabia dar nome pros filhos.

Rato cruzou os braços.

— E qual é sua proposta?

— Você chamou muita atenção hoje, Guilherme.

— Me chama de Rato.

— Quando mandei meu filho atrás de você, é claro que eu não esperava que fosse um trocador. Afinal, todos fazem parte de alguma das casas nobres.

— Cês chamam de casa nobre? Pra nós, é tudo barão, duque e os caralho.

— Eu sou a duquesa da minha casa, sim. Elon é meu herdeiro, o que significa que um dia será duque, meu sucessor na liderança da casa. Cada casa só tem um duque.

— Falou, mas cê não acha que essa ideia tá meio errada, não? Eu tenho certeza que não tem nenhum nobre na minha família.

— Achei que você fosse descendente de uma linhagem bastarda.

— Elogiando assim eu fico até com vergonha.

Elis guardou o espelho na bolsa.

— Encomendei um exame enquanto você estava apagado. O resultado sai amanhã.

Rato olhou para o curativo em seu braço.

— Cê podia ter me perguntado, eu conheci meu pai. A gente se dava bem, não tinha nobre nenhum na minha família...

Elis retomou o raciocínio.

— O importante é que você nunca foi treinado na arte da troca e mesmo assim mostrou um desempenho acima da média. Grosseiro e cheio de falhas, mas ainda assim acima da média.

A limusine cruzou a cidade com a calma de gente que não tinha boleto para pagar. O céu escuro de uma noite jovem, com estrelas salpicadas no rosto.

O motoboy não tirava os olhos da duquesa.

— Só que até agora eu não entendi a proposta.

— Quero te contratar para ser segurança da minha família.

Rato olhou nos olhos de Elis, depois riu quase até cuspir o pulmão.

Enxugou as lágrimas, Elis ainda séria.

— Cê tá falando sério?

— Eu sempre falo sério.

— Eu nunca nem trampei de segurança. Sem contar que eu passei um bom tempo trocando soco com o seu filho. Se você me contratar depois disso, vai pegar mal pra sua casa, não acha, não?

— Não estou interessada na sua experiência prévia. Eu mesma te treinarei na arte da troca. Estou ciente do embate entre você e Elon, mas nada disso foi pessoal. Ele estava conduzindo uma investigação pra mim. Você teve o azar de estar no caminho. E sobre a repercussão que a sua contratação pode causar, deixa que eu me preocupo com isso.

A limusine reduziu a velocidade. Rato olhou pelas janelas e percebeu que entravam em um condomínio. O Dona Sônia. Claro.

— Eu pago bem — insistiu Elis — Você vai ter dinheiro pra cuidar dos seus filhos e sua esposa vai ficar livre pra se dedicar aos estudos.

Rato se deu conta de que não contou nenhum daqueles detalhes de sua a vida à duquesa. Coçou a parte de trás da cabeça, perto da nuca.

— Eu agradeço cê ter ido lá na DP me soltar e tudo, mas tô achando tudo isso muito estranho. Poucas horas atrás, o seu filho queria me matar, e eu queria saber muito a razão. Além do mais, não sei se eu sirvo pra essa vida de trampar pra playboy.

O carro estacionou em frente a uma casa. Rato achou que fosse uma casa, mas a construção tinha a proporção de um clube. A duquesa e seu filho desceram e a mulher sinalizou para que Rato a seguisse. E a cada passo mais perto da porta ele sentia que alguma coisa estava errada.

A duquesa fingiu não ter escutado nada do que Rato disse.

— Te convido para um café. Tenho certeza de que vai te ajudar a tomar a melhor decisão para sua família.

Rato entrou no casarão e foi encaminhado até uma das salas. Na casa dele, não tinha nem um cômodo inteiro pra sala, que era dividida com a cozinha, mas o susto não veio por causa do tamanho ou pela altura das janelas. Também não foi por causa dos três seguranças de braços cruzados espalhados pelo cômodo. E que se fodam todas as outras surpresas de Rato nos últimos minutos, o susto de verdade aconteceu quando viu que, ali no sofá, Ariel estava sentada com Mariângela no colo. E as duas tinham um olhar de medo.

Aquela, sim, foi a maior surpresa de Rato desde sua prisão.

7

A mesa de jantar poderia ser uma pista de aterrisagem. Rato se sentou em uma das pontas, ao lado de Ariel. Mariângela seguia no colo da mãe.

Na cabeceira oposta, estava a anfitriã, que ergueu uma taça para o lado, onde um dos funcionários serviu vinho. Elis cheirou o líquido e saboreou a bebida, depois pressionou os lábios e, com um aceno mínimo de cabeça, autorizou que o funcionário enchesse sua taça e servisse a bebida aos demais.

Obediente, o homem deu a volta em Elon, que estava sentado ao lado da mãe, e se colocou ao lado direito do playboy antes de servir o vinho. Depois percorreu a mesa até o final, para ver Rato e Ariel negarem a bebida colocando as mãos sobre as taças.

À frente, estava servido o jantar. Uma carne assada da qual Rato sequer saberia pronunciar o nome, com um molho para acompanhar e uma saladinha de legumes que não se achavam na feira do Livramento.

Por que o dinheiro fazia as pessoas terem mau gosto?

Durante o jantar, poucas palavras foram trocadas. Elis e Elon mal faziam barulho ao tocar os pratos com seus talheres.

Volta e meia, a duquesa limpava a boca, tocando-a com o guardanapo de pano.

Quando o jantar se encerrou, Elis se ergueu.

— Falaremos de negócios amanhã. Vou mandar alguém levar vocês até o quarto de hóspedes.

Rato arrastou a cadeira. Não tinha a elegância de Elis, e todos perceberam, pelo ranger que o móvel fez ao arranhar o assoalho.

— Eu agradeço o jantar e por me tirar da cadeia, mas nós não vamos ficar aqui. Eu volto amanhã.

Ao fim da declaração, Elis já não estava mais no recinto. Um outro funcionário se aproximou de Rato e limpou a garganta.

— Por aqui, senhor.

Rato olhou para Ariel, que implorava com os olhos que ele desse um jeito de tirá-los dali. O motoboy tomou a filha no colo.

— Me segue.

Ariel apertou o passo para acompanhar Rato.

Ambos ignoraram os convites do mordomo para segui-lo. A sala de jantar tinha três portas dispostas em paredes diferentes e Rato arriscou voltar pela mesma pela qual tinham entrado. Atravessaram a sala, que mais parecia um salão de festas, até chegar à porta da frente, onde Rato interrompeu seu avanço diante da presença de Elon.

— Já vão indo?

Não havia sorriso. Olhos sérios, cáusticos.

Rato entregou Mariângela a Ariel e se colocou diante das duas.

Elon tinha um novo cinto cheio de bolinhas de Ox, de onde tirou uma para fazer a mão direita avermelhar; um ferro na brasa prestes a marcar o gado. Rato deu um passo atrás, mantendo Ariel protegida, e ergueu os punhos cerrados, se dando conta de que não tinha Oxiomínio à disposição. Se concentrou no estoque do oponente. Nada aconteceu.

Elon se aproximou e levou a mão em brasa perto do rosto de Rato.

— Tudo o que eu queria era um motivo. E você me deu.

— Elon! — A voz veio como um estrondo.

O playboy apagou a mão e recuou. Do outro lado da sala, surgiu Elis, irritada. Voltando-se em direção ao filho, ralhou entre os dentes.

— O que nós conversamos?

O rapaz abaixou a cabeça, lábios pressionados, o olhar fixo em Rato.

A duquesa virou-se para o motoboy.

— Nós ainda não terminamos. Não vou fazer minha proposta hoje. Amanhã você poderá dizer não e seguir com a sua vida, mas hoje insisto que aceitem minha hospitalidade.

Elis tinha olhos inexpressivos que não evidenciavam suas ameaças. A fala saía mansa, quase sem alterações. Ainda assim, era perto dela que Rato sentia o perigo aumentar.

O mordomo se aproximou.

— Por aqui, senhor.

Aquele cara devia estar confundindo Rato com outra pessoa. Mesmo assim, o entregador o seguiu, acompanhado de Ariel e de sua filha.

O quarto era amplo, com uma cama king size no centro da suíte. O mordomo mostrou as instalações e ensinou Rato a fechar a cortina, que era daqueles modelos cheios de frescura.

— A menina ficará no quarto ao lado.

Rato olhou nos olhos do mordomo.

— Olha só, fera, nós já estamos aqui contra a nossa vontade. Se você tentar tirar minha filha de perto da gente, o bagulho vai ficar louco pro seu lado.

— Só tem uma cama aqui, senhor.

— Pra começar, me chama de Rato. E, se tem outro quarto livre aí do lado, pode deixar que eu trago o colchão pra cá.

O mordomo tentou argumentar, mas Rato o ignorou. Entrou no quarto vizinho e trouxe o colchão de solteiro consigo.

— Valeu, a gente se vê amanhã.

Fechou a porta no meio de uma das tentativas do mordomo em convencer os hóspedes a desfrutarem de todas as regalias oferecidas pela anfitriã.

Rato colocou o colchão no canto e olhou para Ariel.

— Fica tranquila, você e a Mari dormem na cama. Eu fico aqui no canto. Tô ligado que cê não me quer aqui, mas não confio nesses boy aí fora. É melhor a gente ficar junto até sair daqui.

Ariel piscou.

— Você quer que eu te agradeça? Que eu bata palmas pelo gesto?

Os dois se olharam. Rato tinha coisas a dizer. Sabia que Ariel tinha ainda mais. A presença de Mariângela era o símbolo de trégua.

A menina, ainda no colo da mãe, olhou para Rato com seus olhos redondos, brilhantes, de um preto perfeito.

— Papai, cê foi preso de novo?

Rato engoliu o que prometia ser um pranto e inspirou toda a dose de força que encontrou no ar.

— Fui. — Não ia mentir pra filha. — Mas já tô solto de novo.

Ariel passava os dedos nos cabelos de Mariângela, buscando acalmar a filha.

— O que aconteceu?

— Cê quer saber mesmo?

A mulher o encarou, procurando uma resposta no rosto cansado do futuro ex-marido.

— Não quero saber os pormenores do serviço que você fez pra Nicole. Quero saber se é verdade o que tão dizendo. Você usou troca?

Rato assentiu.

— Eu não sabia que eu tinha isso, tá ligado? A gente até conversou sobre a Carolina Maria dos Reis. Pobre e preta igual a nós, mas era trocadora. Achei que fosse mentira, mas pelo jeito não é só família de nobre que consegue.

Ariel acreditou de primeira. O que denunciou o fato foi seu olhar de medo e preocupação. Sobrancelhas incertas, testa franzida. Não duvidou do que Rato dizia. Duvidou do futuro.

— E o que você vai fazer com isso?

— Eu tenho que fazer alguma coisa?

— Não tem, mas você é o primeiro pobre desde Carolina com a capacidade de usar a troca. Ia ser um desperdício se não fizesse.

Rato se ajeitou no colchão. O celular estava com pouca bateria.

— Cê tem um carregador pra me emprestar?

Ariel fez que não.

— Aliás, eu não tenho nem celular.

— Como assim?

— A duquesa confiscou quando mandou buscar a gente lá no morro.

— Já tava estranho esse negócio de a gente ficar aqui, meio refém. Agora, tirar a sua comunicação é pior. Amanhã eu tiro a gente dessa, mas sabe aquela parada que cê me falou antes?

— O quê?

Rato sinalizou a presença de Mariângela com o olhar. Depois fingiu coçar o rosto com a mão esquerda, quando tocou a aliança.

— Sei. — respondeu Ariel.

— De repente a gente pode trocar uma ideia melhor sobre isso aí depois. Não precisa ser assim...

— No momento a gente precisa se preocupar em sair daqui em segurança. Depois a gente discute o que tiver faltando.

Rato e Ariel tinham coisas a dizer, mas às vezes o silêncio pesava e, naquela noite, pesou mais de uma tonelada.

Mariângela ameaçou um choramingo. Ariel tentou consolá-la, pouco depois ficou claro que a menina não iria se acalmar. Rato deitou ao lado da filha na cama e a envolveu em um abraço lateral.

— Papai vai te contar uma história louca hoje. Era uma vez uma moça brancona, loira e que usava uma roupa amarela estilosa. Um dia essa moça acordou muito braba porque tinham sumido com a filha dela, então ela decidiu que ia atrás de todo mundo que ela conhecia pra...

Ariel arranhou a garganta, o olhar de reprovação. Rato gaguejou, mas enfim prosseguiu.

— Ela na verdade só foi atrás das pessoas pra fazer cosquinha nelas até elas chorar de rir.

Ele seguiu a narração de uma versão muito amenizada de um filme do Tarantino. Arrancou umas duas risadinhas da filha, até que ela foi se tranquilizando. Ariel aproveitou a deixa para apagar a luz. Quando a menina dormiu, Rato beijou sua testa e voltou para o colchão ao lado da cama.

O café da manhã foi em outra sala.

A mesa oval acolhia Rato, Ariel e Mariângela. Frutas, pães, patês, sucos, chás, café especial moído na hora, leite servido a partir de uma leiteira de porcelana que devia ter sido cagada pelos deuses do Olimpo.

Dessa vez, sem mordomo ou demais trabalhadores, apenas Rato e o resto de família que lhe restava. Só queria um pão com manteiga, mais nada. Tava difícil escolher o pão e reconhecer a manteiga em meio a tantos cremes e geleias. Comeu qualquer coisa mesmo, porque o que importava era conversar com a duquesa e sumir dali. Mais do que isso, importava liberar Ariel e Mariângela.

Mal conseguiu mastigar a primeira mordida e alguém veio lhe avisar que a duquesa o aguardava para a conversa. Não adiantou lhe dizerem que ela aguardaria de bom grado que Rato terminasse a refeição, porque Rato não acreditava em nenhum bom grado naquele lugar. Limpou a boca com um guardanapo que poderia servir de matéria-prima para uma roupa de festa e respondeu ao chamado.

O mordomo o guiou para longe de Ariel. Subiram a escada curva de degraus largos que ficava no hall de entrada e terminaram em um corredor largo, cheio de quadros, plantas e até estátuas como adorno.

Cê é louco, rico é ridículo demais.

Passaram diante de portas e mais portas até chegarem ao umbral de madeira envernizada que abrigava uma porta larga de topo arredondado. Dois toques rápidos seguidos de um giro de maçaneta e o cômodo se revelou um escritório. No fundo, três janelões retangulares iam quase até o teto e emolduravam o jardim frontal da casa com chafariz e tudo. As laterais eram cobertas de prateleiras de livros. No centro, ficava a mesa, em frente a duas poltronas de tecido roxo. Atrás dessa barricada de intimidação intelectual, estava a duquesa, que trajava um vestido de mangas curtas com faixas douradas incrustadas com pedrinhas de Oxiomínio.

Um gesto de Elis foi o suficiente para que o mordomo saísse.

Rato entrou e a porta se fechou atrás dele, um martelo de juiz.

A duquesa ajeitou a postura.

— Como eu prometi, você vai poder ir pra casa hoje, se assim desejar. Tudo o que eu peço é a cortesia de ouvir minha proposta antes.

Rato passou os olhos pelos livros. Lembrou-se de quando trancou a faculdade porque não tinha como comprar todos os volumes exigidos.

— Cê já leu tudo isso?

— Nem Umberto Eco leu a própria biblioteca, que dirá eu.

Elis gesticulou para que Rato se sentasse e ele avançou com passos firmes e escolheu uma das poltronas.

— Tô ouvindo.

A duquesa digitou alguma coisa no teclado branco, consultou algo no monitor com o desenho de uma maçã mordida, tirou os óculos e perfurou Rato com o olhar.

— Você provavelmente nunca ouviu falar na guerra fria dos duques.

Rato fez que não.

— Isso é porque mantemos ela entre nós. O que você sabe sobre Oxiomínio?

— É um metal usado pra troca, e também é dinheiro. Pra nós, é uma migalha que a gente nunca nem vê ao vivo. Pra vocês, é enfeite de roupa.

Elis balançou a cabeça.

— Você está certo em partes. A gente usa, sim, o Oxiomínio em nossas roupas, e tentamos fazer com que fique visualmente agradável, mas isso não é por enfeite, é por necessidade. Veja bem, Guilherme...

— Me chama de Rato.

A duquesa entortou a boca.

— Rato? Não é meio nojento?

— Olha só, duquesa, cê me tirou da cadeia e me trouxe pra sua casa porque quer que eu trampe com você. Pode começar sua negociação me chamando do jeito que eu prefiro ser chamado.

Ela o olhou com olhos congelados. Nem uma piscadela.

— Que seja. Rato, então. Veja bem, se o Oxiomínio é usado como fonte de troca e os duques estão em guerra, por que alguém não entra no depósito geral e consome todo o estoque da região para ameaçar explodir a cidade inteira e conseguir fazer suas demandas serem atendidas pelas outras famílias?

— Isso foi muito específico. Mas me pergunto algo parecido desde que descobri que a troca existia.

Elis se recostou na cadeira, apoiou os cotovelos nos braços do assento e entrelaçou os dedos.

— Isso é mais uma informação que nós duques concordamos em não dar a ninguém.

— Mas tô com a impressão que cê vai me contar tudo assim, de graça.

Rato jurou ver um sorriso ameaçar sair no canto dos lábios da duquesa. A mulher escaneou o rosto de Rato, testa franzida.

— Vou contar, mas não de graça. Chame de estratégia de negociação. Oxiomínio não pode ser consumido em sua forma bruta, aquela que coletamos na natureza. As pedras precisam passar por um processo de purificação elaborado. Algumas pessoas mais conservadoras chamam de "rituais". Não vou te incomodar com os detalhes, mas envolve uso de sangue nobre. Ou seja, uma vez purificadas, as pedras só podem ser consumidas por membros da casa que liderou o ritual. É por isso que você não foi capaz de consumir as pedras do meu filho, ontem.

Rato apoiou o cotovelo no braço da poltrona e descansou o rosto na mão.

— Isso é estranho pra porra. Como fica quando duas pessoas de casas diferentes se casam?

— Foi o aconteceu comigo e com o meu falecido marido. A tradição é que a casa mais poderosa mantenha o nome, que nesse caso era a minha, por isso herdei o título de duquesa do Iguaçu quando chegou o momento. Com relação aos rituais de purificação, eu e meu marido passamos a usar nossos sangues em conjunto, o que significa que ainda tínhamos acesso aos estoques de nossas famílias de origem, mas éramos os únicos com acesso ao nosso estoque conjunto. Posteriormente, Elon também teve acesso a esse mesmo estoque. Hoje em dia, como viúva, meu sangue é o único utilizado em nossos rituais.

— Ficou mais estranho ainda. Mas foda-se, não é problema meu. Mesmo com essa explicação toda, a conta não fecha. Nunca fiz ritual nenhum e ainda assim consumi uma boa parte do Ox que tava na minha bag.

— É por isso que você está aqui.

De repente, tudo fez sentido. Rato riu.

— Certo. Toda essa generosidade tá explicada agora. Cê quer que eu trabalhe pra você porque tá rolando uma guerra fria e de jeito nenhum cê ia querer me ver trabalhando pra outro duque.

Elis permaneceu imóvel.

— E, é claro, minha oferta vai ser à altura da raridade de seus dons. Trabalhe para mim e sua filha nunca mais vai precisar de nada.

Rato resolveu jogar uma isca. Pensou na quantia mais exorbitante que poderia conceder para o emprego.

— E se eu te disser que meu preço é duas toneladas por mês?

A duquesa estendeu a mão.

— Eu digo negócio fechado.

Só tinha uma razão pra rica fechar negócio de primeira, sem pechinchar. Era porque ela estava disposta a pagar muito mais.

O riso de Rato se desfez em um rosto sério. Duas toneladas eram mais do que esperava depois de uma vida de trabalho. A ideia de receber aquilo por mês estremeceu suas pernas.

A duquesa recolheu o braço.

— Sei que a quantia o assusta, mas não responda ainda. Quero te mostrar que falo sério, que o trabalho que irá desempenhar vale o que estou disposta a pagar.

Rato sentiu o coração acelerar. Entrou naquele escritório pronto para recusar qualquer oferta, não esperava ter que viver o resto de seus dias sendo o cara que recusou aquela quantia de dinheiro.

— Tem outra coisa — insistiu Elis. — Eu exijo sempre o melhor de meus funcionários. Você irá precisar refinar sua técnica de troca, que ainda é rudimentar. Eu mesma irei lhe ensinar algumas coisas. Elon irá auxiliar em seus treinos.

O suor frio brotou na testa de Rato enquanto a duquesa caminhava até a porta.

— Primeiro venha comigo. Quero mostrar uma coisa.

A duquesa não foi na frente dessa vez, preferindo andar ao lado de Rato pelo corredor. Tinha a postura de uma miss na passarela, os olhos fixos à frente, dona do mundo.

— Você precisa saber uma coisa sobre mim: se olhar a minha casa, não vai encontrar nada fora do lugar. Nenhuma poeira, nenhuma mancha nos vidros, nenhum só galho seco em meu jardim. — Elis gesticulou em direção ao corredor. — Nunca irá ver um funcionário meu limpando algo à minha vista. Eles são treinados para serem os melhores. Se um erro é cometido, ocorre uma substituição. Se um desrespeito é percebido, substituição.

Ela olhou para Rato.

— Se uma insubordinação é notada, substituição.

E quando o talento do funcionário não podia ser ensinado ou encontrado em outra pessoa?

Rato saiu da cadeia para deitar na ratoeira mais engenhosa que já tinha visto.

Desceram a escadaria de degraus revestidos com uma pedra que o motoboy não ousou adivinhar, algo saído do maior palácio do monarca mais enjoado que já pisou no planeta.

Lá embaixo, Ariel segurava Mariângela no colo.

Elis passou pela porta da frente após um funcionário a abrir.

— Já mandei chamar o motorista.

Ariel olhou para Rato. Seus olhos eram súplicas redondas, as tranças escorridas sobre o ombro esquerdo.

Rato ficou de frente para a duquesa, olho no olho.

— Seguinte, eu vou com você. A gente termina a negociação sem pressa. Mas você vai ter que liberar a Ariel e a Mari.

A duquesa mirou seus olhos estáticos em Rato, sem qualquer pista de emoções, mas ele teve a certeza de que ali havia uma anfitriã contrariada.

— Garanto que não haverá local mais seguro e confortável do que minha casa.

Rato sentiu as palmas das mãos gelarem e umedecerem.

— Não é por causa disso. Ela tem compromisso. Tem trabalho e faculdade.

— Nenhuma dessas coisas fará diferença se você concordar em trabalhar para mim.

— A gente não fechou negócio ainda. E se fechar...
Nem fodendo que ia fechar.

— ...a liberdade da Ariel e da Mariângela não vai estar na negociação.

— Minha oferta foi generosa.

Tô sabendo, uma oferta que eu não vou poder recusar. Se quer bancar o Dom Corleone, pelo menos arruma um gato pra sentar no seu colo e um par de algodões pra falar como se tivesse acabado de tomar um soco.

Rato insistiu.

— Isso eu não negocio. Elas precisam voltar pra casa agora. E a Ariel me disse que alguém pegou o celular dela.

— Entenda, eu a trouxe para cá porque é do meu melhor interesse que sua família permaneça segura. Imagine o que irá acontecer quando as pessoas começarem a ver as filmagens do seu confronto com Elon? O assédio a você e à sua família vai ser insuportável.

Rato amarrotou a testa.

— Filmagens?

— Vocês brigaram na rodovia e na cidade, durante o dia. Com certeza alguém filmou.

O entregador olhou para Ariel, cujos olhos permaneciam inabalados. Voltou-se para Elis.

— A gente prefere se virar.

A duquesa ficou imóvel e encarou Rato pelos dois minutos mais longos que ele já tinha vivido. Ele ainda teve a ousadia de tentar acelerar a resposta.

— Se não for assim, a negociação acaba aqui.

— Você sabe negociar. Respeito isso.

A duquesa acenou para um assistente, que entregou o celular de Ariel fechado em um plástico. A mulher tomou o objeto e apertou o passo para fora da mansão.

— Vou mandar alguém levá-la de volta.

— Não precisa — retrucou Ariel — A gente pega um ônibus.

A mulher trocou um olhar com Rato antes de sair. Era bom que tivesse cuidado com aquela negociação. A duquesa já não estava feliz e, quando chegasse a hora de dizer não, o humor dela ficaria ainda pior.

Rato observou através da porta da casa enquanto Ariel andava apressada pelo jardim, contornava o chafariz e caminhava pela entrada de veículos, onde o porteiro acionou o portão elétrico. Só depois que a viu deixar a propriedade se lembrou de que precisava respirar.

A limusine encostou na frente da casa e a duquesa o chamou.

O diabo cobrando a dívida.

Rato entrou no carro junto com Elis e Elon.

O herdeiro acendia no polegar chamas do tamanho das que um isqueiro era capaz de produzir. Apagava em seguida e acendia de novo.

A duquesa encarava a cidade correndo pela janela.

— Os jovens de hoje estão cada vez mais irresponsáveis com a troca. Aquela explosão horrível que ocorreu essa semana é um exemplo de que nossa juventude não tem recebido a disciplina de que precisa. Com o incentivo correto, tudo se conserta.

Ela olhou para o filho e Elon encerrou o exibicionismo.

Rato notou as entradas USB nas laterais do carro e pediu um cabo para o motorista. O homem olhou pelo retrovisor até receber a autorização da duquesa. O empréstimo rendeu a Rato quarenta minutos de viagem silenciosa, que aproveitou para deixar o celular carregando.

Ao fim do passeio, estavam na zona industrial da cidade. O carro parou na portaria de um complexo que mais parecia uma fortaleza, com muros altos com arame farpado no topo, câmeras para todos os lados e guaritas de vigilância a cada metro e meio. Rato observou as guaritas mais próximas. Havia sempre dois guardas vigiando o perímetro.

Da portaria saiu um homem trajando um terno preto e óculos escuros, que pediu uma documentação ao motorista e avançou para a traseira do veículo. O vidro desceu. Assim que viu a duquesa, o homem se desculpou, desejou-lhes um bom dia e liberou a entrada.

O portão elétrico se abriu, a cancela de ferro se ergueu e a faixa de metal pontiagudo se recolheu para baixo do concreto. O carro entrou sem problemas. Depois de dois outros portões, um alarme seco soou uma vez para avisar que os visitantes iam entrar no complexo. Nesse ponto, havia homens armados rondando o pátio e alguns drones sobrevoando os arredores.

A duquesa desceu, seguida por seu filho. Rato foi atrás, as pernas trêmulas, pronto pra levar um tiro. Teve até o instinto de se render, mas Elis Vergueira o repreendeu.

— Abaixe as mãos. Eles sabem que você está comigo.

Rato obedeceu porque não queria contrariar a duquesa além do necessário, mas pressentia uma bala vindo em sua direção a qualquer momento. Cada passo era o último. Sem movimentos rápidos e repentinos. Só uma caminhada lenta, com as mãos à mostra e dedos bem abertos, para mostrar até para o último soldado da última guarita que não carregava nada.

Uma porta de aço reforçado se abriu assim que Elis usou o reconhecimento de córnea. Elon ficou do lado de fora, com um sorriso muito do filho da puta. Rato seguiu a mulher.

O ambiente era controlado, ar-condicionado chorando BTUs, paredes brancas e móveis minimalistas. Um senhorzinho semicareca os recebeu com boas-vindas sussurradas e acompanhou a duquesa até as duas portas seguintes. Rato ia logo atrás. A porta se abriu, revelando um elevador amplo e iluminado, câmeras nos quatros cantos superiores.

Não havia botões com números, apenas duas setas, uma para cima e outra para baixo. Elis e Rato desceram rápido, mas era impossível para Rato dizer quão profundo era o subsolo ao qual se dirigiam.

Ao chegar, mais duas portas, seguranças e burocracias, até o destino final.

O galpão poderia abrigar uma fileira de ônibus espaciais, se quisesse. Poderia ser um estacionamento para porta-aviões, um dormitório pro Godzilla. As paredes sumiam no horizonte. Apesar de bem-iluminado, o local só tinha uma coisa. Montanhas e mais montanhas de formações rochosas esverdeadas. Um estoque de Oxiomínio que desafiava a lógica.

Rato não sabia que existia tanto dinheiro no mundo. Jurou que ali estava a quantia necessária para comprar todo o planeta. Um aviso prévio, pedindo para as pessoas deixarem a propriedade do novo senhorio. Favor se retirar até o fim do mês, este planeta será usado para a construção de uma nova fábrica.

— Esse é todo o seu dinheiro?

— É o sonho de qualquer duque, mas não. Minha parte corresponde a uma parcela pequena demais para o meu gosto. Este lugar foi construído há anos em um acordo secreto realizado entre os duques. Concentramos todo o estoque de Oxiomínio conhecido em nosso país em um local com a melhor segurança que um grupo de duques desconfiados podia comprar. Este lugar é a única garantia que temos de que uma casa não irá roubar a outra. E não adiantaria descrevê-lo a você. As pessoas só têm a real dimensão da importância disso quando veem por si mesmas.

Rato assoviou e ergueu o boné para refrescar o crânio.

— Por que uma casa ia querer roubar outra? Quer dizer, cês são podres de ricos, até os viscondes têm dinheiro suficiente pra cuidar da família...

A duquesa fingiu que não tinha ouvido a pergunta e Rato sentiu que tinha alguma coisa que ela não queria dizer.

— Qual foi? Cê já me trouxe no esconderijo, vai ficar escondendo o jogo agora?

Elis juntou as mãos, braços pendendo na frente do tronco.

— Não existe mais Oxiomínio na natureza.

Rato ergueu as sobrancelhas e precisou de um tempo para processar a informação.

— Isso aqui é tudo, então...

A duquesa o corrigiu, o indicador erguido.

— Em nosso país.

— Saquei. Cês precisam parar de fazer gracinha com a troca por aí porque o Ox tá acabando.

Rato quase riu ao dizer aquelas palavras enquanto olhava para o mar de Oxiomínio à sua frente. A duquesa tocou seu braço para recuperar a atenção do motoboy.

— Concordo que é uma futilidade o que certos nobres, especialmente os mais jovens, fazem por aí, mas a demonstração de poder faz parte da tradição de todas as casas. Não importa quanta riqueza nossos negócios tragam ao país ou quantos empregos sejamos capazes de gerar, é justamente nossa capacidade de troca que mantém nosso lugar de respeito em toda a sociedade. Já ouviu alguma história sobre um nobre usando a troca para conquistar grandes feitos?

Rato se lembrou do massacre no Santo Inácio e da chuva de pedras na Favela da Torre. Fechou o punho por um instante, respirou fundo.

— Ainda não entendi o que isso tudo tem a ver comigo.

— O que você vê aqui são só os estoques brutos de Oxiomínio. Cada duque pode fazer uma retirada de acordo com sua fortuna e armazenar onde bem entender, mas isso só ocorre após os rituais, que também são feitos aqui.

— E o dinheiro que não é dos duques?

— Está aqui também. O aplicativo do Oxbank cuida de gerenciar as quantias, mas pessoas normais não têm autorização de fazer retirada física. Você conhece alguém que já tenha visto Oxiomínio ao vivo alguma vez?

Rato fez que não.

— Isto aqui é uma forma perfeita de garantir o equilíbrio financeiro do país.

Forma perfeita de garantir o bolso dos duques, só se fosse.

Rato reparou bem no que a duquesa não dizia. Não havia forma oficial de extrair Oxiomínio bruto daquele lugar, portanto...

— O Ox que eu transportei só podia ser bruto, já que eu consegui usar a troca.

— Eu desconfiava que você pudesse ter sangue nobre, mas fui informada hoje que seu exame não apontou ligação com nenhuma casa.

— Eu já sabia. Conheci meu pai.

— Não me culpe por ser cautelosa. Sua habilidade é única e nova, não podemos ser levianos de descartar possibilidades sem a devida investigação.

— Quer falar de investigação? Se liga nessa, acho que tem um duque tentando passar a perna nos outros.

— Agora, sim, você entendeu. É por isso que quero os seus serviços. Você é o único que pode consumir Oxiomínio bruto, e isso seria uma desvantagem para qualquer rival que tente me passar a perna. Além do mais, eu quero muito saber quem tentou retirar Ox do estoque de forma clandestina.

Rato a olhou de lado. A duquesa prosseguiu.

— E tem uma coisa importante. É um serviço de tempo predeterminado. Entre o período que vou precisar para te treinar e o tempo que espero que você leve para encontrar o traidor, estimo cerca de um ano, no máximo. Depois disso, você seguirá com sua vida e nunca mais terá acesso a Oxiomínio.

Ela fitou Rato em busca de uma resposta.

— Cê vai me desculpar, mas você quer eu seja seu detetive quando você tem dinheiro infinito pra contratar quantos detetives quiser? Tá estranha essa história...

Elis não falou nada. Rato insistiu.

— E eu achava que era eu que contava piada ruim...

— Tenho outras intenções. — cedeu a duquesa — Seria muito útil se aprendêssemos como sua técnica funciona e se pudéssemos replicá-la.

— Tenho uma notícia ruim pra te dar. Não faço ideia de como usei a troca, pra mim foi tudo automático. Não sei se eu consigo repetir, quanto mais ensinar pra outra pessoa.

— Eu sei que sua técnica foi intuitiva. Mesmo assim soube que você aplicou trocas elaboradas como liquefazer e bolha de proteção, que são avançadas e apenas alguns duques dominam. Estou ciente da sua limitação teórica, mas vamos encontrar uma forma de compensar isso.

— Então cê não quer um detetive, quer um professor. Deixa eu te falar, eu não sei fazer nenhuma das duas coisas.

A duquesa se aproximou, o rosto próximo ao de Rato.

— Você não me entendeu. — As palavras saíam firmes, sem alteração no volume. — Um ano de trabalho comigo e você nunca mais precisará trabalhar de novo. Sua esposa poderá fazer qualquer faculdade, sua filha poderá ser matriculada em qualquer escola. Vocês poderão morar em um bairro decente, em uma casa própria. Estou te oferecendo uma chance de se aposentar de forma legítima, de nunca mais precisar se preocupar com nada.

Rato riu.

— Entendi tudo isso. Sou pobre, mas não sou burro. Minha resposta é a mesma. Não quero trabalhar pra você e pra nenhum duque. Vou arrumar outro jeito de cuidar da minha família.

A respiração da duquesa se intensificou, e Rato notou. Olhos severos, os mesmos que fizeram Elon abandonar o showzinho no carro.

— Espero que você reconsidere.

Elis conduziu Rato para tomar o elevador, apressada em tirá-lo dali.

8

Espero que você reconsidere.

As palavras ficaram na mente de Rato. Toda a hospitalidade que um duque podia oferecer, todas as ofertas generosas e gentilezas. Tudo escorria pelo ralo, uma descarga levando embora as merdas todas. O que restava era só a mais pura verdade. Ameaças veladas, desprezo. A verdadeira face de qualquer duque.

Espero que você reconsidere.

Foi tudo em que Rato pensou nos minutos em que ficou no carro até ser deixado em uma esquina qualquer perto do centro da cidade.

Só então ligou o celular pela primeira vez depois de sair da cadeia. O smartphone tinha sido alvejado por notificações além do alcance. Já passava das duas da tarde, Rato deixou pra ver depois o que tinha perdido. Ligou para Ariel. Ela demorou a atender, ofegante. Estava no meio de uma faxina, sua voz era baixa e tinha eco, o que sugeria que ela tinha se escondido no banheiro para atender.

— Vocês tão bem? — Rato quis saber.

— Tirando o nervosismo, tudo ótimo.

— A Mari?

— Tá na creche. Minha mãe vai buscar no final do dia. E você? Como foi a conversa?

Rato andava apressado pela rua.

— Ela me levou num lugar estranho e fez uma proposta que parecia mais uma ameaça. Não aceitei. Agora eu tô bolado com a sua segurança e de Mari. A gente precisa pensar em alguma coisa...

— Nisso a gente concorda. Faz assim, vou te mandar uma mensagem quando a gente puder conversar pessoalmente. O importante é que ninguém se machucou.

Rato concordou, sentiu que Ariel falava rápido, talvez em busca de acelerar o fim da conversa para voltar ao trabalho. Respirou fundo antes de fazer a próxima pergunta.

— E como tá a gravidez?

— Até onde eu sei, tá tudo certo. Eu agendei a primeira consulta com o obstetra do posto.

— Quando vai ser isso? Eu posso ir junto.

Silêncio. Rato emendou.

— Se você quiser, claro.

— As coisas ainda estão muito confusas pra mim, Guilherme. Eu acabei de me mudar pra casa da minha mãe, trabalhando muito e parando toda hora pra vomitar. Tenho muito pra estudar, tenho filha pra cuidar e ainda fui praticamente sequestrada por uma duquesa. A separação também tá sendo difícil pra mim, mas prometi pra mim mesmo que não ia fazer minha filha visitar cadeia de novo.

Rato engoliu o que queria dizer. Em vez disso, respondeu com só um "fechou" meio cabisbaixo. Ariel disse que precisava voltar ao trabalho e ele avisou que ia mandar pra ela todo o dinheiro que podia, pra qualquer coisa que ela ou Mari precisasse, mas também para que ela tivesse grana pra sair da cidade se em algum momento ela sentisse medo. Ariel respondeu que "tudo bem", e depois de alguns segundos de silêncio, se despediram.

Rato procurou um buffet a quilo porque ainda não tinha almoçado. Abriu o Oxbank e viu o saldo. Quase dois quilos. Enviou mil e quinhentos para Ariel.

Encheu o prato de arroz-e-feijão, macarrão, batata e qualquer carne assada que o restaurante estivesse servindo. Comida boa era a que matava a fome.

Aos poucos, o estômago silenciou. Um gole de suco de laranja pra refrescar, só uns restos de carne no prato, que ele cutucou com a ponta do garfo, um de cada vez.

Enquanto isso, olhou o celular. Mensagens sem parar. E-mails, WhatsApp, Telegram. Tudo a que tinha direito. Toda forma de contato, toda chance de incômodo. Se não estivesse no silencioso, o aparelho teria gritado.

Tinha mensagem de todo mundo. Todo mundo mesmo; a maioria sequer estava cadastrada como contato. Números anônimos com mensagens de felicitações, xingamentos, convites, ameaças. O suco de qualquer internet espremido.

Uma moça se aproximou.

— Dá licença.

Rato ergueu os olhos, assustado. Moça nova, branca e magra, cabelos ruivos.

— Posso tirar uma foto com você?

Ele olhou para o lado. A garota só podia estar confundindo Rato com outra pessoa. Logo veio um rapaz pedindo a mesma coisa. Duas crianças apontavam para ele de outra mesa enquanto a mãe em vão tentava conter a euforia infantil. E cada vez mais pessoas o olhavam. Hora de ir embora.

Rato se levantou.

— Foi mal, hoje não vai dar.

Tocou o pulso esquerdo, que, apesar de vazio, insinuava um atraso.

Pagou pelo almoço e se mandou antes que a situação ficasse insustentável.

Sem moto era difícil, refém da velocidade limitada que as próprias pernas alcançavam. O celular tocou. Número desconhecido.

— Alô?

— Eu queria falar com o Guilherme.

— Quem é?

— Meu nome é Flávio, sou jornalista da *Folha*. Queria te entrevistar sobre...

Desligou.

Entrevista é o caralho, Flávio.

O celular tocou de novo. Rato bloqueou o número. Outro número chamou. Rato bloqueou também. De agora em diante, só atenderia número conhecido. E ainda precisava arrumar um jeito de sair dali. A rua estava muito movimentada, então ele decidiu pegar uma travessa e andar algumas quadras em direção a qualquer bairro. Achando um local mais tranquilo, pediria um Uber, ali no Centro era foda esperar. Alguma hora ia passar alguém reconhecendo ele, e tudo ia começar de novo.

Andava com os ombros encolhidos. O passo ágil, o olhar em direção à calçada, e só o erguia para atravessar a rua.

Ligação nova. Puta que pariu, de novo?
Olhou a tela. Era Carlinho.
— Fala, mano.
— Cara, onde cê tá? Tô te ligando já tem dois dias.
— Longa história. Tô no Centro agora, mas tô sem moto e preciso sair daqui ligeiro.
Alguns pedestres mais próximos seguraram firme suas mochilas e bolsas. Bando de filho da puta.
Carlinho falava rápido.
— Que história é essa que você é neto bastardo de um duque?
— O quê?
— Saiu notícia.
— Porra nenhuma! Você conheceu meus avós.
— Eu sei, mano. Tô só querendo saber por que tão dizendo isso.
— Porque são uns pau no cu, isso sim.
Rato atravessou rua, desviou de gente e dobrou a primeira esquina que viu com mais casas do que comércio.
Carlinho insistia.
— Vem pra cá.
— Tô tentando, mano. Tenho que sair daqui antes.
Notificação. Rato recebeu um Pix.
— Mano, que porra é essa? Tão me mandando dinheiro agora?
— Ah... — Era o som que Carlinho fazia quando se esquecia de alguma coisa. — Isso aí era uma das coisas que eu tinha pra te falar. Escrevi um texto sobre o derretimento da estátua.
— Que estátua, mano?

— Do Bernardo Gama, já esqueceu?

— Mano, aconteceu tanta coisa que eu nem lembrava dessa fita aí.

— Eu fiz um texto, pô. Falando que você era o primeiro pobre usando troca desde Carolina Maria dos Reis.

— Fala sério.

— É sério. Entrevistei um pessoal que tava na manifestação, peguei uns depoimentos, até uns vídeos que o pessoal fez. O texto bombou, irmão. Tá todo mundo falando de você. Aí eu coloquei a sua chave Pix no final pro pessoal fazer uma doação. Fala aí, consegui pagar minha dívida?

— Mano, pagou muito mais do que cê me devia, tá doido. Mas me explica uma coisa, fi. Se o seu texto bombou, por que tem uns zé-ruela falando que eu sou neto de duque?

— Ah, Rato, eu sou independente. Postei no *Medium* mesmo. Essa galera é mídia grande, fala o que quer e chega em muito mais gente.

Rato aos poucos se distanciava da confusão do Centro. Suava em bicas, o sol da tarde sem trégua. Olhou para trás em busca de sombra, foi quando reparou no homem.

— Mano, tem um cara estranho me seguindo aqui. Será que é jornalista?

— Como ele é?

— Não dá pra ver, ele tá cobrindo a cara com um boné. Ele anda engraçado, parece que tá mancando...

— Sai daí, Rato. Cê já tá atraindo doido!

— Seguinte, irmão, segura aí que eu tô chegando. Só vou chamar o Uber aqui. Aí a gente troca uma ideia melhor. Tenho uma coisa pra te pedir.

— Demorou.

Rato acelerou o passo até se distanciar do doido que o seguia, esperou o carro chegar e se mandou dali. Abaixou a cabeça para que o motorista não o reconhecesse. Não era nenhum ator de Hollywood, mas não ia arriscar chamar atenção de novo. Trocou a rota no aplicativo três vezes, olhando para trás na tentativa de perceber algum carro seguindo. Não notou nada, talvez o doido tivesse desistido.

Desculpou-se com o motorista e mudou o endereço outra vez, parando a um quilômetro da casa de Carlinho. Deixou até gorjeta pro motorista.

Rodou as quadras da região até ter certeza de que não vinha ninguém atrás e só então subiu o morro.

Ao chegar, não tocou a campainha, só abriu o portão e foi logo entrando. Subiu dois lances de escada e parou em frente ao apartamento de Carlinho, logo acima de uma borracharia.

Dois toques na porta e o amigo abriu.

Porta fechada, abraço apertado.

— Cê é louco, irmão. Eu tava preocupado…

— Mano — começou Rato —, cê nem vai acreditar nas coisas que eu vou falar.

Os dois se sentaram e Rato contou tudo o que sabia. Carlinho terminou de olhos arregalados, perguntou sobre Ariel e Mariângela, sobre o depósito de Oxiomínio, sobre a mansão da duquesa. Rato respondeu o que sabia e deixou claro quando suas respostas eram apenas especulação. A conversa tava longe de terminar.

* * *

Rato e Carlinho decidiram que estavam com fome e foram juntos até a rua de trás, onde ficava o carrinho do Manoel. Pediram dois podrões de dar orgulho e levaram pra comer em casa.

Já sentados à mesinha redonda na cozinha, Carlinho retomou a conversa.

— O que cê vai fazer agora?

Ele deu uma mordida generosa no sanduíche que trazia espremido na chapa dois pães, hambúrguer, ovo, presunto, queijo, bacon, calabresa, frango e cheddar. Rato estava faminto. Mordeu o lanche com a força dos deuses. A resposta veio por entre as mastigadas.

— Os caras tão me seguindo, mano.

— Quem?

— Sei lá. Um povo na rua me reconhece e fica pedindo foto. Teve um maluco estranho mancando e escondendo a cara.

Carlinho tirou da geladeira uma Coca-Cola de dois litros pela metade, colocou na mesa dois copos de vidro de tamanhos e formatos diferentes, serviu a bebida.

— Cê tem que se cuidar. Essa porra tá chamando atenção demais. Cê sabe como são esses classe-média, né? Daqui a pouco vão viralizar na internet a foto da sua família e falar todo tipo de mentira.

— E essa de eu ser neto de duque? Os caras tão doidos...

— Eu investiguei isso. Saiu em vários portais grandes, mas a primeira postagem veio de um que só publica desinformação.

— Tipo *fake news*?

— O nome certo é desinformação mesmo, mentiras que eles criam pra confundir as pessoas. *Fake news* é um termo errado, por si só foi feito pra ser desinformação. Se é *fake* não pode ser *news*. Se é *news*, não pode ser *fake*. Sacou?

Rato fez que sim. Segurava o lanche com uma mão, com a outra pegou um sachê de ketchup, fez um rasgo no canto com o dente e decorou o topo mordido do sanduíche com um fio de molho.

— Tá vendo? Esses filhos da puta vão ficar falando o que quiserem de mim, e qualquer hora dessas alguém pode fazer alguma coisa comigo, ou pior, com a Ariel e a Mari.

— Cê tá pensando em ir na polícia?

— Tá me estranhando, mano? Se eu for na polícia, é capaz de me darem uma surra e me prenderem de novo. Eu tava mesmo era pensando em falar com a Nicole. Foi ela quem arrumou o trampo pra transportar Ox. Ela deve conhecer alguém que mexe com isso.

Carlinho limpou o canto da boca com um guardanapo.

— Cê acha que vai dar boa? Quer dizer, foi você que viu o depósito por dentro. Parece que tem algum jeito de tirar Ox de lá sem ninguém ver?

— O lugar é mais seguro que uma fortaleza, mas se tem uma coisa que eu posso garantir é que alguém já fez isso antes. Fala aí um lugar no Brasil que você conhece que é à prova de falhas de segurança ou de corrupção interna.

Carlinho assentiu e arrancou outra mordida do lanche.

— Mas e aí? Se ela arrumar Ox pra você, o que acontece depois?

— Eu vou ter como me defender, sacou? Se os caras vierem atrás de mim de novo, vai ter briga.

— Tem certeza, mano? Cê já foi preso duas vezes por causa dela. Não é meio desespero pedir ajuda dela de novo?

— Isso é. Sei lá, de repente tô exagerando. Tô ganhando uma grana legal por causa daquele seu texto onde você divulgou meu Pix. Acho que tem um pessoal que curtiu o que eu fiz. De repente eu compro uma moto nova e dou o resto pra Ariel. Assim consigo arrumar alguma coisa de entrega pra fazer.

Os celulares dos dois estavam sobre a mesa, o de Rato vibrando o tempo todo.

Carlinho terminou de mastigar, os olhos no smartphone vibrando.

— O que tá acontecendo?

— Tá assim o dia inteiro, mano. É notificação toda hora.

— Quem são essas pessoas?

— Sei lá. Eu vi umas mensagens de jornalistas querendo me entrevistar, mas é muita gente. A maioria não conheço.

— Deixa eu ver.

Carlinho comeu o resto do lanche que tinha ficado no fundo do saco plástico, limpou a mão e a boca e amaciou a garganta com mais um gole de refrigerante. Rato entregou a ele o celular já desbloqueado, com o aplicativo de e-mails aberto.

— Aqui é onde mais tem mensagem. Nem sei como eles conseguiram meu contato.

Carlinho rolou a página. Às vezes, soltava um riso que vinha com um comentário do tipo "esse jornal não presta", "esse cara é um cuzão", "esse aqui eu nem conheço". Isso se repetiu por quase cinco minutos. Enquanto isso, Rato saboreava o lanche, caprichando no ketchup até esgotar o último sachê. Alargou um sorriso.

— Sabe como chamam quarteirão de queijo na França?
— O quê?

Rato riu.

— Nada não, mano.
— Cara, você tem uma mensagem do Djow.
— Quem é esse?
— Não é uma pessoa. É o maior podcast brasileiro.
— Podcast de notícias?
— Não. É um desses podcasts de entrevistas.
— Puta merda. O YouTube fica me recomendado cortes desse inferno o dia todo.
— É. Olha, tem mais de cinco e-mails dos caras aqui. Eles tão insistindo. Vai aceitar?
— Esse aí não é o podcast daquele pau no cu que fica postando ideia racista?
— É, mas eles são grandes. Tem gente que aceita ir lá mesmo assim, pra divulgar o trabalho.
— Sai fora. Poucas ideia com esses caras.

Carlinho riu.

— Eu sei, tava só querendo ver sua reação.

Rato terminou o lanche e lavou as mãos na pia da cozinha.

— Eu só queria que isso parasse. Essa atenção toda. Quando a gente precisa de alguma coisa, ninguém liga.
— Você pode usar isso. Aproveitar o momento, falar das suas pautas, sei lá.

— Cê acha mesmo que vão me ouvir, mano? Vai ficar tudo em volta de quem é meu vô, de como eu usei troca, de como eu consegui Ox. Vão perguntar por que eu fui preso duas vezes. Cê é louco.

Carlinho arrotou e massageou a barriga.

— Claro, vão fazer tudo isso, mas, se você souber jogar, também consegue falar suas ideias.

— Por enquanto acho que vou ficar com a ideia da moto mesmo.

— Falou.

Os dois se despediram, Rato agradeceu pela conversa e subiu as ruas do morro a pé até chegar em casa. Ariel tinha deixado a porta aberta. Ela e Mariângela já tinham saído de lá.

Rato nunca se sentiu tão sozinho.

9

Acordou cedo.
Um banho, um tapa no visual. Escovou os dentes, passou uma esponja nudred no cabelo crespo até deixar os cachos bem desenhados. Cabelo curto, mas com estilo. Rato fez a barba deixando só o cavanhaque de fora da gilete. Sorriu para o espelho, um pequeno vão entre os dois dentes superiores da frente. *Tá lindo.*

Casa vazia, tristeza ecoando. Queria acordar Mariângela, tomar um café com Ariel. Só parede vazia, sensação de inverno em pleno verão. Sol brilhando na janela, frio da porra. O negócio era ver um filme pra esquecer os desencontros da vida. Nem vontade de fazer um café teve. Ligou ali na Netflix. Escolheu um do Spike Lee, pra ver se as ideias acalmavam. Acalmaram nada. Mas filme era filme, sendo bom já valia o rolê.

Rato se levantou do sofá, se espreguiçando. Olhou a tela do celular, procurou em meio à floresta de notificações alguma de Ariel. Nada. Ainda eram dez da manhã. Fechou, hora de ir atrás de uma moto.

Rato olhou o saldo no Oxbank. Tinha subido um pouco mais com as doações em Pix. Dava pra investir e retomar os corre. O resto seria de Ariel e Mariângela.

Desceu o morro a pé até a oficina do Anselmo e pediu pra ver o que ele tinha de usado. Usado mesmo, porque tinha grana pra investir, não pra jogar fora.

Anselmo mostrou os modelos.

— Acabei de trocar o escapamento dessa aqui.

Moto preta. Bom estado. Rato não queria saber de beleza, só queria ver quanto rendia com um litro de gasolina. Rendia bem, negócio fechado. Pra pagamento à vista, Anselmo deu desconto, ainda deu o capacete na faixa. Rato agradeceu.

Era dia de pilotar.

Acelerou, testou o motor. Gostou.

Estava fora do aplicativo, mas tinha umas reservas. Dava pra procurar emprego fixo em alguma pizzaria ou distribuidora de gás. O que viesse tava ótimo, porque, quando se tinha tempo pra respirar, ficava mais fácil a busca pela dignidade.

Rodou os bairros vizinhos ao morro, bateu de porta em porta. Restaurantes, lanchonetes, distribuidora de bebidas. *Meu nome* é Guilherme, faço entrega há cinco anos, moro aqui perto, tenho veículo bem cuidado e disponibilidade para trabalhar. Depois do quinto estabelecimento, o discurso estava decorado e saía sozinho logo após um "Bom dia, queria falar com o responsável".

Chegou o meio-dia, ainda sem almoço. Não importava. Rato não tava feliz, mas não se sentia sufocado. Já era alguma coisa. A cada "não" que recebia, mais se distanciava do morro.

Tava tranquilo, melhor um trampo longe do que trampo nenhum.

Pegou a principal. Calor da porra, buzina e fumaça.

Nos fones, ouvia Djonga. No retrovisor, o anúncio de uma dor de cabeça. Em pé no carona de um carro conversível, ele viu uma moça branca, magra, estilo modelo que não comia, maquiagem acentuada. Movimentou as mãos, Rato sentiu o ar sumir por um instante. Tossiu, ofegante, a respiração exigia cada vez mais esforço. O motoboy derrapou para a esquerda, foda era que não dava pra se distrair ali. Rua movimentada. Carro, pedestres e gritaria. Diminuiu a velocidade e subiu na calçada.

Rato tentou gritar para as pessoas um "sai da frente", mas sem oxigênio ficava difícil.

Jogou a moto no sentido oposto ao trânsito. Aquilo ia dar uma multa salgada, mas era tempo ganho. O próximo retorno ficava mais à frente e ia levar uns minutos até que o carro conversível o alcançasse de novo. Recuperou o controle da moto, só então sentiu o ar retornar a seus pulmões.

Porra, mais essa agora. Não era Elon ou a duquesa, nem a pessoa estranha mancando. Era uma nobre qualquer. Devia ter dezoito, no máximo. Ali, roubando o fôlego de Rato como se não fosse nada. E então o motoboy se deu conta que já tinha visto a moça antes. Suzane. Por causa dela, perdeu a chance de entregar pelo aplicativo. E daquela vez não era só uma ressaca perigosa, era uma perseguição.

Na primeira oportunidade, Rato virou uma esquina e acelerou. Distinguiu em meio ao rugido do trânsito o motor do conversível. Carro de boy chorava mais alto quando queria.

A duquesa não mandava em todos os duques, certo? Até mencionou uma guerra fria. Se aquela moça o seguia era por alguma razão. E não era proposta de emprego generosa.

Hora de testar a potência da moto nova. Rato disparou sobre o asfalto quente, um rasgo sobre a vida urbana da capital. Os prédios viraram borrões. Nem sinal de perigo no retrovisor.

Estava a salvo.

Porra nenhuma.

O conversível anunciou a sua chegada, primeiro nos ouvidos de Rato, depois no retrovisor. O carro se aproximou, na certeza de que nenhuma moto popular ia vencer seus muitos cavalos de potência.

O conversível emparelhou com a moto e Rato viu de perto a moça. Ela tinha olheiras vermelhas de uma noite sem sono ou de preocupação. Juntou as mãos, fazendo um círculo com os dedos, e cinco pedrinhas em seu colar desapareceram. Rato perdeu o ar de imediato, e dessa vez não era como se o oxigênio tivesse ficado mais escasso, e sim como se alguém tivesse amarrado um saco de plástico em sua cabeça. Não importava a força nos pulmões, não vinha ar. Uma troca elaborada e discreta, ideal para matá-lo em público sem parecer um ataque direto. Todos iriam pensar que era só mais um motoboy se acidentando, o que era muito estranho vindo de uma nobre que dava vexame em público explodindo a cidade

A visão de Rato ficou turva, sentiu o corpo amolecer aos poucos e a moto ameaçar perder o equilíbrio. Um motoboy menos experiente teria caído feio, mas Rato era rato. Inclinou o veículo o máximo que conseguiu, usou a mão esquerda para se apoiar no asfalto e ganhar impulso para retornar à posição original. A luva protegeu a mão de ferimentos mais graves, deixando só alguns ralados entre os rasgos.

Rato derrapou e trocou de direção. Era mais fácil frear uma moto do que um carro de playboy.

Correu para longe. Correu para sempre. Até despistar o conversível.

Ar voltou, respiração ofegante, puto da cara. Sem perigo no retrovisor. Dobrou uma esquina, subiu em canteiro, se mandou pra onde dava. Depois descobriria o bairro, a rua, o caralho. Depois acharia o rumo. Só parou quando teve certeza que não o alcançariam mais.

A Suzane o encontrou assim, na rua. Sem aviso, sem câmera nem nada. Talvez sua cabeça estivesse a prêmio. Aberta a temporada de caça ao Rato. E ele ia se defender.

A rua era viva. Tinha vontade, mau humor, sede de vingança e nenhum pingo de justiça. Asfalto era veia, trânsito era sangue. Coração não tinha. A rua era viva.

Deixou a noite vir e o movimento das ruas acalmar, porque de noite a rua ainda era viva, mas incomodava menos pra quem era da quebrada.

Rato saiu de casa, bicho noturno deixando a toca, alerta aos predadores que podiam fazer hora extra. Sabia que o sossego caseiro estava com os dias contados. Se o haviam encontrado na rua, era só questão de tempo até chegarem à sua casa.

Desceu o morro ligeiro. Sabia aonde ir. A brisa da noite era o pedido de desculpas pela inclemência do sol.

Passou em frente a um bar que tocava Zeca Pagodinho nas caixas de som, com dois bêbados dançando de chinelo e um jogador de sinuca debruçado sobre a mesa. Uma noite qualquer.

Aguardou o sinal vermelho. No celular piscou uma notificação. Áudio de Ariel. Rato ouviu pelo fone. Era uma mensagem de boa-noite da filha, anestésico eficaz. Qualquer dor sumia, qualquer medo se esquecia.

Segurou o ícone de microfone e gravou a resposta.

— Boa noite, filha, papai te ama.

Queria mais. Entalada na garganta ficou uma promessa de levar a filha pra passear no parque, tomar sorvete e comer pipoca. A promessa de ser o primeiro a levá-la pra ver um filme no cinema. Tinha lançamento da Pixar chegando, ela ia amar. Queria prometer o mundo, mas a vida era uma traidora. Não deixava Rato acreditar no que dizia. Não até ter certeza de que as coisas tinham se acalmado. Já pensou levar Mariângela pra passear e do nada surgir uma bola de fogo, uma explosão ou sei lá o quê?

Contentou-se com o seu "boa noite, filha, papai te ama" e engoliu qualquer promessa que ameaçasse sair.

A dor de não poder fazer mais.

Só acordou com a buzina, o carro de trás avisava que o sinal tava aberto.

Rato seguiu o caminho. Barulho de moto, de bar. Não ouvia nada, preso às promessas que não fez, aos passeios que não podia garantir.

Chegou na bicicletaria e encontrou a porta de ferro abaixada pela metade. Deu dois toques.

Watson surgiu rápido, o convidando a entrar. Depois de trocar dois minutos de conversa com Watson, Rato desceu a escada. Venceu os últimos passos e bateu na porta de ferro duas vezes. Som seco, toque forte.

A portinhola se abriu. Nicole tinha as sobrancelhas finas, recém-feitas, mas apontadas para baixo, contrariadas.

— Você não devia vir aqui.

— Não devia e não queria, mas o negócio é que tem nobre me caçando agora. Não vou ser burro de jogar a culpa em você, mas vamos ser sinceros, alguma responsabilidade nisso você tem. Seus contatos, seu trampo.

— Ninguém te obrigou a nada. E você sabia dos riscos...

— Sabia. Agora eu quero saber se você vai ser dessas empresárias que deixam os contratados se foderem.

Nicole fechou os olhos por mais tempo do que o normal. Fechou a portinhola. Rato ouviu o barulho da tranca se abrindo.

O escritório tinha cheiro de nicotina. Nicole o encarou sem raiva, sem dor.

— Eu queria que você soubesse que eu não tive nada a ver com a sua captura.

— Eu sei. Acho que alguém furou o seu esquema, e se eu tô com um alvo nas costas pode ter certeza que você também tá.

Ela concordou, se sentou atrás da mesa e acendeu o cigarro que equilibrava nos lábios.

— Cê sabe que eu não vou poder te arrumar um trampo, né?

— Tô sabendo.

— Então o que veio fazer aqui?

— Tão me caçando, Nicole. Tem nobre tentando me matar asfixiado na rua, na frente de todo mundo.

Nicole soprou a fumaça pelo canto da boca e coçou atrás da orelha.

— Eu vi.

— Só quero me defender. Defender minha filha...

— Tá, chega de discurso. Já concordo com você, fala logo a ideia.

— Uma duquesa tentou me contratar. Ela me levou pra conhecer o depósito de Ox.

De olhos arregalados, Nicole esqueceu o cigarro preso entre os dedos.

— Hein?

— O nome dela é Elis.

— Elis Vergueira?

Rato fez que não sabia.

— Só pode ser — continuou Nicole — A duquesa do Iguaçu. E por que você não aceitou o trabalho? Aposto que o pagamento era bom, e com certeza ia ter proteção envolvida.

Rato inclinou a cabeça pro lado.

Nicole abanou a mão, afastando a ideia. Tragou mais uma vez.

— Esquece, falei sem pensar.

— O negócio é que eu vi o depósito. O lugar é foda. Não dá pra sonhar em entrar, mas mesmo assim você me arrumou uma entrega de Ox pra fazer. Só pode ter saído de lá. Então você conhece alguém que pode fazer isso acontecer.

Rato esperou que Nicole avaliasse seu raciocínio. Tentava ler a expressão cansada em seu rosto, até que ela resolveu responder.

— Supondo que eu tenha esse contato, se o seu plano é roubar Ox, eu adianto que é muito complicado...

— Roubar chama muita atenção. Eu queria comprar. Teoricamente...

Nicole apagou o cigarro no cinzeiro sobre a mesa. Havia três outras bitucas esmagadas ali, e um fio de fumaça cinza subia.

— Explica direito, meu anjo.

— O depósito guarda o estoque dos nobres, mas guarda também a parte do povo, aquilo que a gente controla pelo aplicativo do Oxbank. Eles nunca deixam a gente ter acesso direto ao nosso próprio Ox, coisa que é nossa por direito, suor do nosso trampo. A única coisa que eu quero é sacar a minha parte e fazer com ela o que eu quiser.

Nicole se reclinou na cadeira executiva de couro sintético.

— É um risco muito alto, mas tomando muito cuidado é possível. Supondo que eu aceite, você pagaria 200 gramas para sacar 100. Sempre nessa proporção. A diferença seria pra pagar o meu contato e a minha comissão, porque, vamos ser sinceros, de graça não compensa.

Rato fez uma transferência para Nicole.

— Apressadinho, hein? Nem aceitei ainda.

— Vai aceitar. Cê é uma mulher de negócios, mas nem quando fui preso me deixou na mão. Então pode fazer essa pose de fodona aí, mas eu tô ligado que vai rolar.

Nicole sorriu.

— Tenho coração mole, fazer o quê? Você tem mais sorte que juízo, meu anjo.

— Você me manda a localização da entrega?

Nicole assentiu.

Ao sair do esconderijo, Rato viu que Watson estava distraído com alguma coisa na TV. O repórter narrava a perseguição que aconteceu dois dias antes e o uso da troca contra um motoboy. O dono da bicicletaria nem olhou para Rato ao perguntar.

— É você?

— Pior que é.

Rato viu pela primeira a dimensão real das bolas de fogo jogadas contra ele. Tinha se desviado, mas elas acertaram veículos nos arredores, fosse com impacto direto ou com estilhaços. O repórter, olhando para a câmera, anunciou o número de feridos: cinco. Mostraram fotos e nomes. Eram todos negros. Gente que andava a pé, na correria do dia. Isso revirou o estômago de Rato, mas o que o fez passar mal de verdade foi a informação ao fim da reportagem. Além dos feridos, um morto.

Rato deixou a bicicletaria cambaleando. Tomou um soco da vida, desses que faziam os ossos descolarem uns dos outros.

Ter acesso a Ox não era suficiente. Saber usar a troca também não. Se ele não morresse, outros morreriam no lugar.

Sacou o celular e procurou no aplicativo de e-mails.

Quer saber de uma coisa? Fodam-se.

Mandou mensagem pra Carlinho.

Qual é o principal concorrente do Djow?

A resposta veio em segundos.

O nome é Lança-Chamas

Rato procurou entre os e-mails qualquer mensagem do Lança-Chamas. Batata! Respondeu na hora.

<small>Quero conceder uma entrevista pra vocês amanhã. E quero levar um amigo junto.</small>

Antes que Rato chegasse em casa, responderam. Entrevista marcada. Era hora de jogar as ideias no mundo.

10

Era quase hora do almoço, Carlinho e Rato sentados no sofá quando uma moça preta de cabelo crespo armado entrou na sala.

— Podem vir.

Os dois obedeceram. Do outro lado da porta, havia uma mesona de madeira encostada na parede onde estava sentada uma mulher de pele retinta e cabelo rosa.

— Me chamo Andreza, muito prazer.

Ela apertou as mãos dos dois.

A outra moça os convidou a se sentar do lado oposto da mesa. De um lado, uma placa com um letreiro luminoso escrito "Lança-Chamas". Do outro, uma pá de câmeras, cada uma apontada em uma direção específica, sempre com a intenção de focar algum detalhe da mesa ou dos participantes da entrevista.

Depois das apresentações, um rapaz branco mais novo, dezoito anos no máximo, chegou sem fazer barulho e colocou duas jarras de água sobre a mesa e um copo para cada um. Sorriu para os convidados, que devolveram o gesto.

A primeira rodada de perguntas foi só para que Rato e Carlinho se apresentassem. Jornalista e redator freelance,

Carlinho começou a resposta. Quando chegou a vez de Rato, a resposta foi uma.

— Pai, entregador. Nascido em favela. Faz uns dias descobri que sou também trocador.

Andreza falou diretamente com sua audiência, que assistia ao vivo à conversa, e pediu para que mostrassem uma compilação de vídeos amadores com as filmagens de Rato enfrentando Elon.

Vieram outras perguntas, sobre o dia a dia de um entregador de aplicativo e a rotina de um jornalista freelancer, até que Andreza olhou para Rato.

— Queria que a gente falasse sobre a sua habilidade de troca.

— Descobri por acaso.

Rato contou a história da entrega, ocultando que sabia o conteúdo da carga. Contou sobre Elon o perseguindo na rodovia, sobre o desespero para fugir do fogo e do uso intuitivo da troca que acabou o salvando.

— E você acabou derretendo a estátua do Bernardo Gama.

— Não foi de propósito.

Carlinho explicou quem era Bernardo Gama. Assassino de indígenas, expulsava os nativos de suas terras para abrir caminho para o progresso da elite.

— Aquela estátua foi colocada ali na época da ditadura, e foi construída em frente a um dos condomínios mais caros da cidade, virada em direção às ruas principais, que é onde até hoje os trabalhadores passam todos os dias. Era um aviso bem claro, um lembrete de que, se alguém se voltar contra os nobres, não vão pensar duas vezes em adotar métodos daquele tipo. Cê acha que a estátua segurava uma carabina por quê?

Rato também teve a oportunidade de falar sobre o depósito de Oxiomínio, sobre como o Ox era mantido longe dos mais pobres para que ninguém pudesse descobrir ter a mesma aptidão que ele.

— O esquema é simples: eles tiram a informação de nós, tiram o dinheiro, controlam tudo de longe. A gente passa a vida inteira sem ver Ox na nossa frente. Pra nós, é só um número na tela do aplicativo. A troca é uma força da natureza, não é propriedade de duque nenhum. Só que o problema é que eu enfrentei um filhinho de nobre que estudou a troca desde que nasceu. Foi instruído, teve acesso a toda a quantidade que precisava pra treinar. Usar troca é gastar dinheiro. Mesmo que todo mundo soubesse, ainda assim não ia poder ficar treinando todo dia. Aí chega eu, que nunca usei troca na vida, e acabo usando sem querer, mais com medo de morrer do que qualquer coisa.

Andreza interrompeu as perguntas para anunciar o patrocinador do programa, serviu salgadinhos aos convidados e então retomou.

— O que você busca com isso, agora?

Rato olhou para Carlinho, que gesticulou com a mão.

A resposta era de Rato e de mais ninguém. O entregador tomou um gole de água e se aproximou do microfone. Falou sobre a perseguição e como a inconsequência de Elon machucou cinco pessoas e matou uma.

— Não é certo a gente ter que ficar com medo de nobre. Não é certo a gente não ter acesso direto ao próprio Ox que a gente ganhou com o esforço do nosso trampo. E também não é certo só eu me defender. O que eu busco é uma luta por justiça. Pelos meus. Quem é preto e pobre, mas também quem é branco e sofre do problema de ter o CEP errado. Aqui nesse país até o CEP conta, irmão. O que eu quero é o direito de decidir onde fica o meu Ox. Eu sei que é um pedacinho de nada perto da montanha dos duques. Mesmo assim, eu quero ter o direito de administrar isso como eu quiser, de tentar usar a troca, se eu quiser, ou até de deixar depositado lá mesmo e já era. Hoje, o que a gente tem é um método decidido por um grupo de nobres. O que eu quero é a decisão na nossa mão. Se o trampo é nosso, se o suor é nosso, o Ox também é. E tem que ficar onde a gente quiser.

Carlinho encerrou sua participação na entrevista anunciando que queria escrever um livro sobre a história do Oxiomínio e das periferias, de Carolina Maria dos Reis até Rato.

Quando a entrevista terminou, Andreza tinha lágrimas nos olhos.

— Eu também sou de periferia. É emocionante ver vocês lutando por nós. O Lança-Chamas apoia a ideia e vai seguir divulgando suas pautas.

Câmeras desligadas, Andreza se levantou, deu um abraço apertado em cada um dos dois e mostrou os números da audiência. Recordes do podcast no YouTube. Provavelmente também seria quando subissem o áudio no feed.

O estagiário voltou. Pediu foto. Minutos mais tarde, os dois estavam liberados.

Carlinho atendeu uma ligação e seus olhos brilharam. Virou-se para Rato enquanto respondia.

— Sim, claro. Interessa, sim. Vamos conversar.

Quando desligou, era puro sorriso.

— Cê não vai acreditar, mano. Já tem editora querendo fechar contrato pro livro.

Rato abraçou o amigo. Talvez a primeira vitória.

Rato ouviu o rangido do portão e espiou pela janela por uma fresta na cortina. Ariel entrava, o rasta preso em um coque principal, com duas mechas de tranças caídas sobre os ombros, brincos redondos grandes, um espetáculo.

Rato ajeitou a camiseta em frente ao espelho.

Três toques na porta. Rato gritou que tava aberta.

Ariel entrou e ficou parada ali um instante, passando os olhos pela casa.

— Você limpou.

Rato concordou.

— Cê tá bem?

Ariel fez que sim.

O silêncio doía.

Rato apontou para o sofá, que tinha uma manta para cobrir os rasgos no tecido. Ariel caminhou até a mesa da cozinha e se sentou.

— Prefiro aqui.

Rato cedeu e puxou uma cadeira.

— Trouxe o que eu pedi?

Ela tirou da bolsa um papel dobrado.

— Fiz uma lista de livros e as bibliotecas onde você acha cada um. Também te mandei por e-mail a pesquisa completa.

É muito difícil encontrar informação sobre a Carolina Maria dos Reis, parece que tudo foi esquecido, então se prepara, porque vão ter muitas perguntas sem resposta. O que a gente consegue descobrir é pouca coisa.

Rato abriu o papel, olhou cada um dos livros da lista e seus autores. Não reconheceu nenhum.

Ariel tirou um chiclete da bolsa e ofereceu a Rato, que não quis.

— A maioria dos livros não é sobre a Carolina. São antologias, compilações de artigos ou até livros de temática mais abrangente que contêm um capítulo sobre ela. Às vezes nem isso.

— E ela aprendeu a troca como?

— Igual aos primeiros duques. De forma intuitiva. O negócio é que os duques começaram a trocar informações entre si, mas não incluíram ela nessas conversas. Aos poucos, ela se tornou a única obrigada a evoluir sozinha. Hoje em dia, as casas dos duques são todas isoladas, mas o conhecimento da troca é igual para todos.

Rato leu o papel, então pediu uma caneta emprestada para fazer anotações.

— Eu reparei que os nobres estão sempre usando Ox nas roupas ou acessórios.

— É a forma que eles escolheram de andar sempre com um pequeno estoque de Ox para usar a troca quando quiserem. Eles separam em bolinhas de 100 gramas, assim fica mais fácil saber o que estão gastando em cada uso. Quanto maior o uso de Ox, maior os efeitos da troca.

— E como ela conseguia Ox?

Ariel se levantou e perguntou se podia pegar água. Rato assentiu. Ela pegou um copo no armário e a jarra de água na geladeira vazia. Depois explicou que Carolina era financiada por um jornalista que ganhou muito dinheiro escrevendo sobre ela na época.

— Além de não ser nobre — continuou Ariel —, ela teve outros dois méritos. Dizem que ela fez o primeiro e mais completo registro com todas as formas de troca, e que ela desenvolveu uma habilidade própria, que nenhum nobre conseguiu replicar.

— Esse registro ia ser muito útil pra mim agora, tipo um manual de instruções, né?

Ariel pediu pra Rato acessar o e-mail que ela havia enviado com o material de pesquisa. Entre os arquivos, havia páginas fac-símiles de tudo o que restou dos diários de Carolina Maria dos Reis. Ariel explicou que a maior parte havia se perdido.

Rato ficou um tempo lendo os manuscritos. Alguns dos títulos que ela dava para as trocas ele deduziu que se pareciam com que tinha feito ou presenciado. Bola de fogo, levitar objeto, congelar. Também reparou que o texto estava muito bem escrito, descrições claras e objetivas. Depois perguntou.

— E a outra fita? Qual é a habilidade própria que ela tinha?

— Ninguém sabe de verdade. Na minha pesquisa encontrei algumas menções a uma forma de troca não palpável, algo que não tinha um visual óbvio. A gente não tem nenhuma foto ou pintura de Carolina pra dizer com certeza, mas tem gente que fala que ela aparentava ser muito mais velha do que era porque a troca que ela usava exigia muito de seu físico.

— Como assim? Se não tinha efeito visual, era o quê?

Ariel respirou fundo.

— Eu não queria dizer isso pra você porque faltam fontes pra confirmar e eu não quero te passar uma informação falsa, então você vai ter que ter muito cuidado.

Rato se inclinou sobre a mesa. Ariel prosseguiu.

— Eu encontrei um autor desconhecido falando sobre manipulação temporal.

Ariel deixou Rato absorver a ideia. O entregador já fazia cálculos, o olhar distante, nublado pela distração.

— Não sei nada sobre isso. Não sei como era, o que acontecia e nem quais eram as consequências. Existe essa teoria de que ela dominou de alguma forma a manipulação temporal através da própria consciência. Ela podia revisitar locais de seu passado através da memória. Se ela consumisse uma quantidade grande de Ox, conseguia alterar algumas coisas.

Rato tinha os lábios pressionados. Coçou a cabeça.

— Se isso for verdade, faz sentido os nobres terem deixado ela de fora. É uma fita muito forte.

Ariel bebeu a água, escorou-se na pia da cozinha.

— Era só isso que você precisava?

— Queria saber melhor sobre esse negócio da gravidez. Como você tá?

Ariel olhou para o chão e tirou um pedaço de cutícula com o dente.

— Tá tudo bem. Todos os exames estão normais.

Rato pensou em perguntar se ainda havia espaço pra ele na vida de Ariel, se as coisas não podiam ser consertadas.

Queria ter dito muito mais, o problema era o alvo em suas costas.

— Eu tô ligado que é chato. Valeu por ter vindo aí. Queria que a gente pudesse conversar pessoalmente...

— E quando você vai conversar pessoalmente com sua filha?

— Cê podia ter trazido ela...

— O quê? Guilherme, cê sabe como é o meu dia? Faço faxina todo dia, de manhã e de tarde. Ainda mais agora que tô trabalhando na casa do marquês. De noite vou pra faculdade e, nas horas livres, tenho que me dividir entre cuidar da Mari e fazer os meus trabalhos. Você sabia que eu tô quase perdendo a bolsa por causa de falta? Pra poder te ajudar, eu passei aqui antes de ir pro curso. Não tinha como trazer ela.

Rato admitiu o erro.

— Cê sabe que as coisas tão foda pra mim agora. Não quero ir encontrar a Mari e no meio do caminho um nobre filho da puta surgir querendo queimar minha cara. Outro dia morreu uma pessoa por minha causa. Foi quando o filhinho daquela duquesa foi atrás de mim.

— Não é sua culpa.

— Eu não tinha como me defender. Tive que me desviar, Ariel.

— Guilherme, você precisa aprender a assumir os seus erros e a não assumir os erros dos outros. A pessoa que morreu não foi sua culpa. — Ariel olhou a tela do celular. — E já tá na minha hora.

— Espera. Eu queria combinar uma coisa antes. Um código.

— Pra quê?

— Pra se um dia eu precisar ter certeza que você e a Mari estão bem, mas tem que ser seguro, pro caso de ter alguém por perto te intimidando.

Ariel franziu a testa.

— Você tá vendo muito filme, Guilherme...

— Pode parar com isso. Você viu o que aconteceu depois que eu fui preso, né? Você foi parar dentro da mansão de uma duquesa.

Ariel olhou a hora na tela do celular. Sem saída, pediu que Rato explicasse logo qual era sua ideia.

— É simples — começou o motoboy. — Eu vou perguntar qual filme você viu ontem. Se você estiver bem, é só falar *Jurassic Park*.

— Ah, sai daqui, Guilherme.

— Tô falando sério. Ninguém vai desconfiar de nada porque é muito aleatório.

— E por que *Jurassic Park*?

— Porque é um filmaço.

Ariel massageou a própria testa.

— E se não tiver tudo bem?

— Fala que você viu *Jurassic World*.

Ela não conseguiu esconder a ameaça de um riso no canto da boca. Rato ergueu o polegar, aprovando a reação da ex-esposa.

— Era pra eu ter feito isso antes, mas já que cê veio até aqui...

Rato abriu o aplicativo do Oxbank e fez uma transferência. Todo o saldo que ainda tinha em sua conta.

Ariel arregalou os olhos.

— Onde você conseguiu isso?

— Relaxa, é tudo doação. O Carlinho fez um texto sobre mim que viralizou. O pessoal fica mandando uma ajuda pro meu Pix.

— Sobrou algum pra você, pelo menos?

Rato fez que não.

— Comprei uma moto velha, vou arrumar um trampo. O resto é seu e da Mari.

— Você tem que entender que eu não sou mais sua esposa. Se você mandar o suficiente pra cuidar da Mari e do bebê, já tá bom. Esse valor aqui tá muito alto…

— Não. Eu tô ligado que a gente não tá mais junto, mas você tá aqui me ajudando, né? Cê fez uma pesquisa foda e veio aqui falar comigo.

Ela deixou o copo na pia, cruzou os braços.

— Eu não gostei de você ter ido atrás da Nicole. Isso me magoou muito.

— Certo.

— Mas descobrir que você pode usar troca é muito forte. É um acontecimento histórico. E eu não acho que você seja ruim. Só acho que tomou umas decisões erradas, e por isso é melhor a gente seguir caminhos diferentes. Ainda assim eu quero te ver bem. Quero que você consiga tirar alguma coisa positiva disso tudo. E tô aqui pra ajudar, mas vai ser só como amiga.

— Eu agradeço. É por isso que tô mandando essa grana. É pela Mari e pelo seu trampo na pesquisa. Assim que eu tiver, te mando mais. Se você quiser, pode parar de fazer faxina um período e adiantar essas pesquisas pra mim. Tudo que eu ganhar eu te mando.

— Você precisa se cuidar, Guilherme. Não é assim. E o que você vai comer? E o aluguel?

— Eu dou um jeito.

Ela olhou a hora outra vez.

— Olha, eu tenho que ir mesmo. Se você quiser me dar todo o seu dinheiro, eu não vou impedir. Mas se eu achar que a minha filha vai ficar sem pai por causa das suas loucuras, então nem sua amiga eu vou ser.

Os dois trocaram uma despedida fria. Sem abraço. Sem aperto de mão.

Rato ficou vendo pela janela Ariel abrir o portão e caminhar até sair de vista. Levou quase dez minutos para que o motoboy saísse da janela.

Depois veio a mensagem de Nicole com um endereço e uma frase.

A primeira entrega vai acontecer essa madrugada. Fica ligeiro.

11

Rato ficou no local do endereço, um terreno baldio do outro lado da cidade, em plena madrugada. Entre um bocejo e uma espreguiçada, ouviu o barulho de moto virando a esquina. Correu até a calçada. O entregador nem desceu, só enfiou a mão dentro da bag, de onde tirou uma caixa de pizza. A moto acelerou até sumir.

Rato conferiu a caixa, encontrando algumas pedras de Ox. Não eram esferas polidas, como as que a duquesa usava em suas roupas, mas pedras rústicas, irregulares. Rato as escondeu em casa, quando retornou. Dali em diante não sairia sem levar ao menos um punhado no bolso.

Já era quase quatro da manhã quando tentou dormir. Poucas horas depois, acordou com o celular acusando uma notificação. Carlinho.

Rato lutou contra a embriaguez do sono. A mensagem era em áudio.

— Mano, vou encontrar com a editora agora cedo pro café da manhã numa padaria de boy lá no Centro. Ela quer conversar sobre o livro e perguntou se tinha como você ir junto.

Ele esfregou o rosto, achando difícil abrir os olhos, e gravou a resposta.

— Falou. Te busco aí.

Oito horas. Levantou, lavou o rosto, escovou os dentes e escolheu uma camiseta da hora e uma calça confortável. Minutos depois, buzinava em frente à casa de Carlinho. Entregou o segundo capacete ao amigo.

Rato desceu o morro e de lá rodou até cair na marginal. Dali, eram vinte minutos pra chegar ao Centro.

Quem puxou o assunto foi Carlinho.

— Cê entrou nas redes sociais esses dias?

— Nem.

— Tão falando da gente.

— É nada.

— Sério. A entrevista com a Andreza deixou a gente famoso. Quer dizer, você já era, mas agora ficou mais. Isso nem é nada, a gente já esperava. O problema é que tem um bando de playboy postando que a gente quer separar o país, quer causar uma guerra civil. Esse tipo de merda.

— Eu não pedi nada disso. Até quero, mas ninguém pode dizer que pedi.

Rato pegou um corredor de carros e parou atrás de uma fila de motos amontoadas na frente do sinal vermelho.

Carlinho aproveitou a parada para se ajeitar na garupa.

— Estão saindo altas matérias, mano. Portal grande, jornal famoso. Os caras tão metendo o pau na gente. Não sei não se esse livro vai sair...

— Se a editora fosse dar pra trás, não ia chamar você pra tomar café no Centro e nem pedir pra me conhecer.

Rato deixou a moto no estacionamento da padaria. Para entrar, cada um ganhou uma ficha com um número. A panificadora tinha o tamanho de um minimercado com sessão de frios, mercearia, balcão de salgados, buffet de café. As mesas estavam cheias de homens de barba simétrica com cabelo preso em coques samurai. Ali, branco era maioria, e nem entre os funcionários tinha um preto.

Rato se inclinou em direção a Carlinho, falou em voz baixa:

— Pra entregar currículo aqui, tem que comprar uma aparência caucasiana primeiro.

Carlinho segurou o riso.

Entre as mesas, uma mulher ergueu a mão. Branca, cabelo encaracolado. Se levantou, toda sorrisos, apertou a mão dos dois e pediu que se sentassem.

Um casal na mesa ao lado se levantou e um homem de terno mais atrás recolheu o notebook aberto sobre a mesa e deixou o ambiente. A conversa com a mulher durou menos de cinco minutos antes que um gerente se aproximasse e pedisse que eles se retirassem. Estavam espantando os clientes.

Carlinho sacou o celular e tirou fotos da padaria, do gerente, das pessoas que se levantavam ao redor. Ia sair texto novo.

Já na calçada, os três resolveram reagendar a conversa. Dessa vez, na sede da editora. A mulher se despediu, constrangida.

Ela se foi.

Rato e Carlinho trocaram um olhar cínico. Já era de se esperar que não fossem bem-vindos em todo lugar, mas a falta de surpresa não fazia as coisas serem mais fáceis.

Rato olhou o relógio na tela do smartphone.

— Quase dez horas já. Vamos achar uma padaria de gente pra comer alguma coisa, pelo menos.

Carlinho concordou.

Rato estacionou a moto. Pediu para Carlinho entrar antes e conseguir uma mesa enquanto mandava uma mensagem a Ariel perguntando sobre Mariângela e o bebê, quando ouviu uma voz aguda e um pouco arranhada.

— Vamos andando.

Rato olhou para o lado. Era Suzane.

Como um reflexo, deu um passo atrás, uma mão no bolso em busca do Ox, mas a moça argumentou rápido.

— Se você começar uma luta aqui, o que eu fizer vai ser legítima defesa.

O olhar era abrasivo.

Rato relaxou a postura.

— Não vou andar pra porra de lugar nenhum.

Ela sorriu.

— Não vim te atacar hoje, querido. É só uma conversa. A não ser que você queira transformar isso em algo pior.

Rato imaginou há quanto tempo ela estava em sua cola. Deveria ter visto Carlinho chegar na mesma moto. Estava segurando a merda de dois capacetes. O azar seria se Carlinho visse aquela conversa. Do jeito que o infeliz era, ia querer fazer uma *live* e piorar tudo. Talvez fosse mesmo melhor se afastar dali caso a conversa virasse uma briga.

Os dois caminharam pela calçada. Um ao lado do outro. Rato, desajeitado com os capacetes enfiados em seus braços, tinha as mãos nos bolsos.

— Fala de uma vez o que você quer.

— Meu vô era dono de um mercado.

— Parabéns pra ele. E obrigado por vir até aqui me contar essa informação supervaliosa, mas já tá na minha hora...

Suzane tocou o ombro de Rato, impedindo que o motoboy desse meia-volta.

— Era um mercado pequeno, mas vendia bem. Ele tinha um concorrente na rua de baixo. Um dia assaltaram o concorrente.

Rato olhava para a moça com o canto do olho. Suzane continuou.

— Meu tio não tinha nada a ver com o assunto, mas ele percebeu uma coisa. Se não pegassem o responsável pelo assalto, o bairro ia ficar muito visado. Mesmo que o assaltante nunca voltasse, outra pessoa podia ter uma ideia parecida e ia escolher roubar na região onde achava mais fácil.

— O mais doido dessa história é você tentando me convencer que nobre trabalha.

Ela o encarou, olhos sérios.

— Sei que você é só um entregador de merda, mas alguém te pagou pra fazer aquela entrega de Ox. Eu só quero um nome. Aí você pode voltar pra sua vidinha.

— Eu gosto de Afonso. Até mais!

Ele se afastou da moça, mas ela o seguiu e o segurou pelo braço.

— Não estou de gracinha. Me fala quem te contratou agora.
— Teu cu.

Teu cu mesmo.

Rato viu algumas pedras de Ox desaparecer dos brincos e colar de Suzane. Quantas foram ao todo? Talvez dez. Foi tão rápido, difícil ter certeza. O entregador sentiu o peso de seus capacetes aumentarem. Era como se estivesse carregando um saco de cimento, foi obrigado a deixar os objetos deslizarem por seus braços e caírem na calçada. Som seco, caíram imóveis e inertes. Rato enfiou a mão no bolso em busca de Ox. Sabia que não podia chamar muita atenção em público, pois para sempre ficaria marcado como a pessoa que começou um combate de troca na rua. Sua adversária estava conseguindo ser discreta, ele precisaria seguir pelo mesmo caminho. Consumiu cinco pedras de Ox, seu antebraço esquerdo se transformou em pedra. Rato o ergueu a altura do rosto em postura defensiva.

Suzane consumiu mais dez pedras. O braço de Rato transformado em pedra se tornou mais pesado, rapidamente o motoboy cedeu ao peso e viu o braço tocar o chão, o forçando a ficar de joelhos. A moça olhou a cena, boca pressionada para controlar o riso.

— Tem que dominar a teoria antes de sair por aí dando showzinho na rua. Você acabou de usar corpo de pedra no braço, mas esqueceu que essa troca faz seu corpo ficar mais pesado. Seria uma pena se tivesse um nobre muito inteligente aqui perto usando supergravidade pra aumentar ainda mais o peso do seu braço.

Rato consumiu mais duas pedras em busca de se proteger com a esfera de ar que o salvou no confronto contra Elon. Nada aconteceu.

Suzane riu.

— Você parece um cachorro vira-lata com medo de qualquer pessoa.

Rato consumiu todo o Ox que possuía. A esfera de ar ameaçou se desenhar ao redor de seu corpo, mas dissipou antes mesmo de estar completa.

Mais uma vez a moça provocou.

— É por isso que o treinamento importa. Cada troca tem um custo e um efeito diferente. Você só conseguiu usar a bolha de proteção porque estava carregando um Ox que não era seu. Agora que está limitado aos seus trocados, quanto tempo acha que uma luta iria durar? Eu tenho Ox, meu filho, posso ficar aqui horas e horas sem fazer diferença na minha conta bancária.

Ela se aproximou de Rato, agachou para olhar em seus olhos.

— Fica tranquilo, espertão. Não fui mandada aqui pra te matar ainda. Você tem uma informação que a gente quer, e não vamos deixar passar assim fácil. Essa foi a última oportunidade que você teve de colaborar por bem.

O braço de Rato deixou de ser pedra. Suzane devia ter interrompido sua troca também, porque até mesmo o peso tinha normalizado. A nobre se levantou, puxando Rato pelo braço em uma simulação de ajuda.

— Um conselho grátis, porque você não tem dinheiro pra pagar nada. Para de fazer entrevistas por aí. Esquece o assunto do depósito. Volta pra sua vidinha de entregador e esquece essa história de troca. Se eu te pegar andando com Ox por aí de novo, a gente não vai terminar assim, conversando numa boa. Não esquece seus capacetes. Ouvi dizer que custam caro.

A moça se afastou. As pessoas já se aglomeravam ao redor deles, mas todos se afastaram para que ela passasse. Ela sumiu entre os pedestres.

Rato se levantou, recolheu os capacetes, que tinham voltado a seu peso original.

Ligou para Carlinho. Ninguém atendeu. Mandou mensagem. O ícone se manteve cinza, ele ainda não havia lido.

Retornou ao local onde havia se separado do amigo e, conforme se aproximava, notou o amontoado de pessoas. Merda.

O giroflex da polícia ligado, sem fazer barulho, homens fardados abrindo uma clareira entre a multidão curiosa.

Rato andou o mais rápido que podia.

Só então entendeu o plano de Suzane. Foi levado para longe, consumiu seu estoque até o fim, mas ele não era o alvo. O alvo era o jornalista que prometeu escrever um livro.

No chão estava o corpo de Carlinho. Inerte. Marca de tiro na frente, atravessando a camiseta. As pessoas comentavam que ele tinha sido confundido com um ladrão. Porra nenhuma. Fizeram o que queriam. Missão cumprida.

Rato caiu de joelhos. Não conseguia gritar. Não conseguia dizer nada. Deixou as lágrimas escorrerem silenciosas pelo rosto.

A luta pacífica deixou de ser uma opção.

12

Rato foi um dos primeiros a chegar. Procurou a família de Carlinho, cumprimentou a mãe, o irmão mais novo, apertou a mão do pai, sentado no lado oposto do salão. Reconheceu alguns moradores do Morro do Livramento, com quem trocou acenos, mas faltava cumprimentar alguém.

É foda.

Andou até o centro do salão naquele silêncio quebrado pelos cochichos ou pelos choros.

Rato nunca tinha visto Carlinho tão elegante. Terno preto, paletó de madeira. Foi só olhar o corpo do amigo ali, deitado e sem vida, que as lágrimas vieram.

Tão novo. Tão injusto.

Estatística pura. Preto da favela confundido com bandido. Confundido nada. Aquilo foi montado, mas ia fazer o quê? Discurso em meio ao velório? Nada. Deixou a garganta recuperar a força. Engoliu o resto de pranto que ainda sobrava.

Chegava gente. Pessoas estranhas, que nunca tinha visto. De onde? Carlinho conhecia assim tanta gente?

Rato se aproximou de Ariel assim que viu a ex-esposa chegar.

— Não trouxe a Mari?

— Achei melhor deixar com a minha mãe. Como você tá?

Rato deu de ombros.

— E tem como ficar bem?

Aos poucos o salão encheu. Rato olhou ao redor, sem achar explicação válida.

— Esses caras não são do morro.

— Guilherme, saiu notícia na TV da morte do Carlinho.

— Saiu?

— Acho que isso aqui são pessoas que gostavam dos textos dele, concordavam com as coisas que ele dizia.

Tinha muito branco classe média para o gosto de Rato. Entre as pessoas, cada vez mais numerosas, Rato distinguiu um rosto familiar. Distante, tentando não ser notada, estava Nicole. Vestido branco, uma guia no pescoço. Ela mirou o olhar em Rato. Não disseram nada. Não houve aproximação. Nicole queria mostrar que estava ali. Rato queria mostrar que sabia. Era o suficiente.

Um rapaz branco o abordou, barba feita, tênis novo e cabelo liso escorrendo até a altura das bochechas.

— E aí, cara. Acho que você devia falar alguma coisa pro pessoal.

— Falar o quê?

— Sei lá. O Carlinho era seu amigo e você é a grande esperança das periferias no momento.

A audácia desse filho da puta.

— Mano, cê nem sabe o que é periferia.

— Calma, Rato. Eu sou seu aliado.

— Tira a mão de mim, playboy.

Ariel empurrou Rato para longe do rapaz. A voz firme, em volume de sussurro.

— Você não vai brigar aqui.

— Eu fico louco com esses boys que se acham engajadinhos.

— Eu sei.

— Se foder! O cara nunca subiu num morro a vida inteira, nunca pegou busão atrasado em dia de chuva, e vem querer falar de voz da periferia?

— É uma merda, eu sei, mas eu concordo com uma coisa que ele falou.

Rato escaneou o rosto de Ariel. Quando a negona ficava séria, era hora de ouvir.

— Eu acho que você devia falar alguma coisa. Tenho certeza que é isso que o Carlinho ia querer.

Suspirou. Pior que ela tava certa. Era exatamente isso que aquele miserável ia querer.

Foi até a frente do caixão e pediu licença. A roda abriu. Alguém bateu palmas duas vezes, silenciando o burburinho de conversas sussurradas.

— Eu tô aqui representando eu mesmo. Não tô aqui representando ninguém, não.

As pessoas o olhavam. Alguns celulares subiram. O sangue de Rato ferveu, mas ia deixar passar. Playboys ali, querendo pagar uma de engajado na luta. Se foder. Deixou passar.

— Carlinho tá ali no caixão agora por uma razão. Ele quis contar a verdade. E por muito tempo nós da periferia tivemos um monte de coisa negada. Nós não podemos controlar o próprio dinheiro. Nosso dinheiro é migalha, comparado com o dos duques. Nós não temos acesso ao estudo da troca e eles falam que nós não podemos usar troca, mas, olha só, eu posso. E só descobri isso quando fiquei perto de Ox pela primeira vez. Tá na hora de todo mundo ter o controle do próprio Ox e também de ter a chance de aprender troca.

Alguns aplausos tímidos.

— Nossa vida é controlada por meia dúzia de duque. A gente trabalha a vida toda e nunca tem a chance de pegar na mão o Ox que é nosso por direito. Isso aí não é coincidência. É um plano. É intencional.

Aplausos.

— A partir de hoje, minha missão vai ficar mais clara. Eu não tenho condição de ensinar a troca pra ninguém, mas nós vamos pesquisar nos livros de história, nos documentos que os cara esconderam de nós. Vai ser em conjunto. Todo mundo que quiser, que puder. Em algum lugar nós vamos achar as informações. E, quando isso acontecer, nós vamos ensinar a troca pra todo mundo que quiser aprender.

Aplausos, assovios, gritos.

E então silêncio.

Rato olhou ao redor e viu um museu de estátuas. Todos imóveis, palmas congeladas no ar. Nenhum ruído. Ariel olhava para ele com um olhar congelado. Até o sorriso que ameaçava se mostrar no canto da boca foi pego pela paralisação.

Rato tentou consumir Ox. Não tinha nada.

E então ouviu. Palmas isoladas. Uma única pessoa batia as mãos. Cada bater de palmas ganhava destaque em meio ao silêncio daquele salão de paralisia. Rato seguiu o som. Viu lá atrás, sentada em uma cadeira de plástico, uma senhora magra, de rosto enrugado, com um pano amarrado à cabeça. Pele preta.

E ela batia palmas. Então se levantou e foi até Rato.

— Gostei do que falou, menino. Deixa eu me apresentar, meu nome é Carolina.

Rato nem piscava, olhos firmes em direção a Carolina.

— Você não pode ser...

— Posso e sou. Carolina Maria dos Reis.

— Achei que cê tava morta.

— Eu tô. Quer dizer, pra você.

Rato arregalou os olhos.

— Quer dizer que eu morri também?

Carolina ergueu uma sobrancelha.

— Não é porque a gente é pobre que também tem que ser burro. Cê tá vivo, menino. Presta atenção!

— Então como...

— Troca.

Carolina caminhou pelo salão se desviando das pessoas paralisadas, e apontou para o cabelo de um rapaz branco.

— Que diabo é isso?

— Acho que os caras chamam de coque samurai. Coisa de boy.

Ela entortou a boca.

— E tem gente que usa isso, ou é só esse trouxa aqui?

— Ô se tem.

— Credo...

— Por que cê tá aqui? Quer dizer, *como* cê tá aqui?

— Eu dominei a troca pra mexer no tempo.

— Cê pode mesmo viajar pro passado e pro futuro?

— Mais ou menos. Poder a gente pode, mas é perigoso e tem um preço alto.

Carolina pousou o olhar em Rato.

— E não tô falando de Ox, menino.

Rato coçou a cabeça.

— E isso não muda tudo? Quer dizer, mexer no passado...

— Só o presente. O presente é sempre onde você está quando usa a troca. Você pode alterar umas coisinhas no passado, mas o efeito de verdade só acontece no presente.

— Como assim?

— O passado já foi vivido, não tem como mudar ele de verdade. Cê pode dar uma mexida de leve, conversar com alguém, por exemplo.

Rato balançou a cabeça.

— Então não dá pra salvar o Carlinho?

Carolina fez que não.

— Eu queria que desse, menino. Queria mesmo.

Rato se sentou, cabeça abaixada. Carolina se sentou ao lado dele.

— Dá pra ir ao passado e cortar uma árvore, mas pro povo do passado ela vai continuar em pé. Só cai de verdade quando a gente volta pro presente. O passado fica igual, o que muda é o presente. Sempre o presente. Mesmo assim, isso estraga demais o corpo. Não é bom, cê vai ficando doente muito rápido quando mexe na troca do tempo.

— E o futuro?

— O futuro custa mais caro ainda. Se você mexer em qualquer coisa no futuro, seu corpo não aguenta. Qualquer mudança pequena no futuro acaba com seu corpo no presente. Não é bom nem visitar.

Rato olhou Carolina no fundo dos olhos, viu dor.

— Quer dizer que você vai...

— Não fale essas coisas, menino. Eu vim porque quis, está tudo certo.

Sem saída, Rato se viu obrigado a abandonar o assunto.

— Outra coisa — avisou Carolina —, eu tenho pouco tempo. Ficar com esse silêncio todo na conversa é um desperdício.

— Como cê descobriu essas coisas?

Carolina sorriu, massageou atrás do próprio pescoço.

— Quando a gente é pobre e preto, nunca tem ninguém querendo ensinar nada. Por isso, a gente precisa aprender rápido as coisas. Se quiser viver nesse mundo, se quiser não ir parar na cadeia, tem que aprender rápido. Não pode ser bom, bom não resolve as coisas pra gente. Tem que ser o melhor em tudo. Aí eles começam a tratar a gente como mais ou menos...

Carolina teve um acesso de tosse e Rato tocou suas costas.

— Cê tá bem? Quer um copo d'água?

Ela fez que não, afastou a mão de Rato e terminou de tossir, olhos lacrimejando.

— Não vim aqui pra te explicar isso. Tenho pouco tempo. Vim pra te passar uma informação. Eu tô há muito tempo procurando outro como eu, que não seja nobre e que saiba usar a troca. Alguém tem que levar as ideias pra frente.

— E como eu vou fazer isso?

— Escrevi um diário. Tem tudo o que eu sei de troca. Tem tudo o que você precisa saber pra estudar e pegar os duques.

— E onde eu arrumo esse diário?

Carolina tirou um caderno velho e amassado do bolso. Estava dobrado.

— Uma coisa que cê precisa saber, mexer com a dobra temporal é sempre diferente. Às vezes a gente fica com tosse, com dor. Se for no futuro, a gente pode morrer. No passado, qualquer coisa pode acontecer.

Carolina estendeu o caderno para Rato.

— Lê com calma. Tá tudo aí.

— Mas, se me der isso, você não tá interferindo no futuro?

Carolina sorriu, olhos tristes.

— Tô.

O corpo dela desapareceu. Todos ao redor de Rato voltaram a se mexer. O aplauso do fim de seu discurso. Em sua mão, o diário de Carolina Maria dos Reis.

Rato não dormiu. Varou a noite lendo o diário de Carolina, suas descobertas, suas instruções. Estava tudo lá. A explicação para consumir Ox da forma correta, sem sofrer os efeitos colaterais. Adeus, dor de cabeça. Adeus, cheiro de borracha queimada. No lugar, apenas um leve formigar nos braços.

A mulher era foda. Dominou muitas formas. Explosão, congelar, erosão. Rebater projétil, mãos de brasa, asfixia. Descarga elétrica, levitar objeto, liquefazer. Além de várias outras trocas que Rato nunca tinha ouvido falar. Também as quantidades necessárias de Ox para cada nível de efeito em todas as trocas. Rato não era religioso, mas estava pensando em começar a chamar Carolina de santa, porque era tudo o que ele precisava saber.

Apesar da fonte de informações, Rato dedicou mais tempo a ler a reler as páginas que falavam sobre a troca mais poderosa de toda a lista, a dobra temporal. Não deu muita atenção à viagem ao futuro, porque não queria arriscar deixar Mariângela sem pai.

Sobre o passado, existiam as regras.

REGRA 1:
Só se muda o presente. O passado permanece.
REGRA 2:
Os efeitos em seu corpo são imprevisíveis, nunca bons.
REGRA 3:
Se consumir Oxiomínio no passado, ele desaparece sem efeito.

Rato releu as regras até memorizar. Logo abaixo havia instruções de como conjurar a troca de dobra temporal. Em relação ao passado, era uma espécie de projeção de consciência para locais onde ele já havia andado.

Só parou a leitura com o barulho da campainha. Nove da manhã, sol invadindo as frestas da cortina. Olhou pela janela. Era Nicole. Rato fez um gesto, convidando a conhecida a entrar.

— Nunca pensei que fosse te ver aqui na minha casa.
— Não se acostume, meu anjo.

Nicole caminhou pelo ambiente que dividia cozinha e sala, olhou para a louça suja na pia, para a coberta embolada no sofá.

— Como vai a vida de solteiro?

— Cê não veio até a minha casa essa hora da manhã pra me perguntar isso, né?

— Credo, que impaciente.

Nicole se sentou no sofá e se ajeitou para testar o conforto.

— Meu anjo, você sabe que eu tô quebrando uma regra minha vindo aqui. Tô fazendo isso por uma única razão.

Rato tinha os braços cruzados e olhava Nicole sem demonstrar nada além de cansaço. Ela ignorou a postura do anfitrião.

— Gostei do que você falou ontem, no velório, e tomei uma decisão. A partir de agora, eu não vou mais cobrar comissão pra sacar Ox pra você.

— Cê vai trabalhar de graça? Difícil acreditar...

— Considere a minha colaboração pra sua causa. Mas olha, isso vai ser segredo nosso. Se as pessoas descobrirem que eu tô ficando generosa, vai ser ruim pros negócios.

Ninguém acreditaria, nem que Rato saísse por aí contando.

Nicole cruzou as pernas, os braços esticados no encosto.

— Você tem algum dinheiro pra fazer um saque?

— Tenho. Graças ao Carlinho, eu tô recebendo doações quase todo dia. E depois do discurso de ontem, aumentou um pouco.

Rato fez um Pix com quase o valor total que tinha no Oxbank.

— Vou mandar entregar essa madrugada.

— Valeu, Nico.

— Não. Eu podia ter mandado uma mensagem, mas vim até a sua casa pra falar com você pessoalmente e tô me juntando à sua causa. Quero pelo menos um abraço.

— Primeiro eu tenho que te falar uma fita.

Rato então explicou que os nobres estavam fazendo de tudo pra descobrir quem era a pessoa que conseguia tirar Ox do estoque geral.

— Acho melhor você ficar ligeira. Eu nunca vou falar nada, mas pode ter certeza que uma hora eles vão te achar.

— Ninguém me pega, Rato. — Ela piscou com um olho — Tô há muito tempo me livrando de muita gente. Deixa esses aí procurarem.

Nicole se levantou, braços abertos, cobrou o abraço que mencionou antes. Rato respondeu ao gesto.

Antes de sair, Nicole tocou o queixo de Rato com o polegar.

— Toma cuidado, meu anjo.

As olheiras pesavam mais do que contêineres cheios de carga. De vez em quando, Rato piscava, quase perdendo o equilíbrio na moto. Abria os olhos assustado e olhava a rua para descobrir que quase tinha se esborrachado.

Madrugada cretina.

O corpo cobrava, mas ia ficar acordado. Tinha recebido a localização de Nicole cerca de 40 minutos antes, recebeu o Ox conforme combinado e agora retornava para casa na esperança de aplacar o sono naquele resto de noite.

Ao chegar, estava com tanto sono que deixou as pedras de Ox dentro de uma caixa de madeira sobre a mesa. Ariel a usava para guardar maquiagens, mas por algum motivo tinha abandonado na mudança. Organização não era o forte de Rato; agora, além da caixa, vários outros objetos eram colocados pela casa, onde dava, até que um dia decidisse arrumar de verdade.

Deitou no sofá, exausto. Nem tirou o tênis e já sentia o corpo apagar.

Um barulho de estouro pipocou nos ouvidos de Rato, que abriu os olhos e se levantou, desorientado. Olhou a hora. Três da manhã? Puta merda. Havia alguém na casa.

A porta estava aberta, fechadura retorcida. Em pé ali na frente estava Suzane. Ela abriu a tampa da caixa sobre a mesa e assoviou.

— Você conseguiu umas migalhas aqui, hein?

Rato se ergueu.

— Some daqui.

Ela fez um biquinho.

— E quem é que vai me obrigar?

Algo chamou a atenção da moça, que largou a tampa da caixa. Seus olhos estavam vidrados na mesinha em frente ao sofá. Rato seguiu o olhar dela. O diário de Carolina.

— O que você anda lendo?

— Não é da tua conta.

A invasora torceu a boca.

— Quanta grosseria.

Ela consumiu duas pedrinhas de Ox, que evaporaram na hora, e um pulso de vento arremessou alguns objetos. O diário foi levado pela ventania direto para a mão da moça antes que Rato conseguisse alcançá-lo.

— Sempre acho estranho ver gente como você lendo. O que você está escondendo?

Os olhos dela se arregalaram.

— Isso aqui é verdade?

Rato tentava se erguer. Merda. Tentou consumir o Ox sobre a mesa, mas ainda estava sonolento e, segundo as anotações lidas naquela madrugada, exigia um esforço maior consumir Ox à distância.

Suzane segurou o caderno dobrado junto ao corpo.

— Deve ser mentira, mas vou levar mesmo assim.

Rato levantou em um salto, tentou alcançar a caixa de madeira sobre a mesa. A moça consumiu cinco pedras de Ox e bloqueou a passagem do motoboy. Cinco estacas de terra saíram do chão de taco e subiram quase até o teto. Estacas pontudas em formato de cone. Poderiam ter empalado Rato se ele não tivesse interrompido a corrida.

A moça bateu a ponta do sapato salto-agulha no chão, simulando aguardar o movimento de Rato.

— Você foi avisado. Teve chance de se dar bem, mas decidiu fazer baderna com essa conversa de levar a troca pra todo mundo. Se você soubesse como isso é ridículo...

Teve chance de se dar bem? Como aquela desgraçada sabia disso?

Rato se ligou. Lembrou o que havia lido no diário de Carolina.

A gente precisa aprender rápido as coisas.

Fortaleceu o braço e se concentrou no Ox. As estacas encolheram de tamanho até retornar pro solo deixando apenas buracos e um pouco de sujeira sobre o piso. Rato consumiu mais duas pedras, faíscas elétricas se formaram nas pontas dos dedos de sua mão direita. Movimento rápido, tocou a barriga da moça. Suzane se assustou, escorregou e quase caiu. Seus saltos arranharam o assoalho com um ruído agudo.

Ela consumiu mais algumas pedras de Oxiomínio e jogou força na rajada de vento, que cresceu desordenada. Copos, papéis, cadeiras. A casa ia sendo revirada pelo descontrole da troca. Mais duas pedras e uma pequena luz alaranjada se formou na palma de sua mão. Suzane arremessou a luz, que explodiu no peito de Rato, rasgando sua camiseta. Rato tinha sido rápido em seu consumo de Ox, seu peito estava totalmente transformado em pedra. Consumiu mais Ox. E então se deu conta de que não estava sentindo dor de cabeça. Não havia cheiro de borracha queimada. Apenas um formigamento nos braços. Esticou um sorriso de confiança no canto da boca.

— Cê vai aprender a respeitar a quebrada, fia.

Acendeu mais uma vez as faíscas elétricas nas pontas dos dedos. A moça encostou na parede, rendida. Rato se aproximou. Com uma mão ameaçava a adversária com as faíscas. Com a outra tomou o diário.

— Eu não quero te machucar, mesmo que cê mereça muito. Então vou só te dar a ideia. Some daqui e não volta. Não se mete mais comigo, porque senão eu vou ter...

A moça gritou e queimou Ox, um pedaço atrás do outro. De suas mãos nasceram estilhaços incandescentes, do tamanho de lascas de unha. Movendo os dedos, ela lançou suas criações em várias direções.

Rato viu sua casa ser acertada por uma dezena de pequenas faíscas. Um dos estilhaços atingiu seu rosto, causando uma queimadura imediata que o obrigou a tirá-lo com uma série de tapas. Rato bufava, respiração pesada.

Concentrou a fúria. Queimou o máximo de Ox que podia. Tocou a testa da adversária e viu ela ser envolta em uma cápsula de gelo. Seus olhos esbugalhados pararam de mexer, abaixo de zero.

Rato consumiu Ox até suas mãos flamejarem, avermelhadas. Quebrou o gelo com um soco. A moça caiu, com dificuldade para respirar, cabelos úmidos, maquiagem borrada. Ela tinha um braço erguido à frente do rosto. Olhar de medo. Desespero.

Rato arrancou dela os brincos, colar e braceletes.

— Eu vou ficar com isso aqui. Agora se manda. Se voltar, eu não vou ser bonzinho de novo.

Ela se ergueu, apressada, e deixou a casa em estado de caos.

Só quando Rato ouviu o barulho do portão se fechando, foi até o sofá e apagou uma pequena chama que começava devido a um dos estilhaços. Pegou o celular e mandou um áudio para a duquesa.

— Se liga, eu tô sabendo que você tá fazendo seus amiguinhos me encherem o saco. A moça que veio aqui deixou escapar que sabe que eu rejeitei uma oportunidade. Dá próxima vez é melhor vir você, porque agora o bagulho vai ficar louco.

13

A duquesa do Iguaçu observava o jardim lateral de sua mansão parada em frente à janela de uma de suas salas, mãos às costas.

Em uma das poltronas estava Elon, mexendo no celular.

— Eles estão demorando.

— Estão dentro do prazo combinado.

— Não sei como você consegue. Eu já teria ido fazer outra coisa...

— Você precisa aprender a ser paciente. Nunca irá se tornar um duque desse jeito explosivo e imediatista. O que nós temos foi construído com cuidado. Essas coisas levam tempo.

Elon revirou os olhos.

Passos ecoaram pelos corredores. O mordomo pediu licença, anunciou a chegada dos convidados. Pouco depois, entraram no cômodo uma moça jovem, quase da idade de Elon, e um homem mais velho, de cabelos e barba grisalhos, caminhava com a ajuda de uma bengala. Era Mauro, o duque do Paço Verde, com sua sobrinha e herdeira Suzane.

A duquesa ajeitou a postura, as mãos unidas pendiam em frente ao vestido.

— Sejam bem-vindos. É uma honra receber a visita de um duque depois de tantos anos.

O homem respondeu à saudação com um aceno de cabeça.

Fala pomposa, gestos solenes. Punhetagem de rico.

Os quatro se sentaram em poltronas dispostas em uma roda ampla, e a duquesa dispensou os funcionários. Ela mesma se encarregou de ir até o bar, onde deu sequência ao ritual de confraternização dos duques, abandonado há mais de uma década. Escolheu quatro de suas taças mais luxuosas, feitas de cristal adornado com diamante, e serviu um dos vinhos mais caros de sua adega. Merlot de qualquer porra.

Fez duas viagens. Na primeira, levou duas taças, entregou uma ao duque e a outra à sobrinha que o acompanhava. Na segunda viagem, levou a própria taça e a de Elon.

Ela ergueu a bebida.

— Que os bons ventos mantenham essa aliança viva.

O duque ergueu a taça quase a contragosto. Tomou o vinho em um único gole.

— Chega de cerimônias, Elis. Posso não ter vindo te visitar há muito tempo, mas temos conversado. Nossos interesses são mútuos.

A duquesa rodou o vinho em sua taça.

— Entendo que vocês não foram bem-sucedidos no pedido que fiz.

— Aquele rapaz é mais forte do que pensamos. Você me deu a entender que ele não tinha instrução, era despreparado e perdido, e que cederia ao primeiro ataque.

Elis inclinou a cabeça em afirmativa.

— Fiquei surpresa de ele não ter reconsiderado a minha oferta. Mas o resto é verdade, ele não tem mesmo instrução.

Suzane arranhou o assoalho ao arrastar sua poltrona.

— Ele quase me matou!

O duque ergueu a mão, uma ordem para que a sobrinha se calasse.

Elon estava jogado em seu assento, uma perna esticada, as costas quase sem tocar o encosto.

— Você é fraca. Se prestasse mais atenção, teria conseguido derrotar aquele verme com facilidade.

Suzane olhou para Elon.

— Interessante você dizer isso. Eu comecei usando apenas trocas furtivas, para não chamar a atenção. Pelo que me lembro, você deu um showzinho pela cidade e mesmo assim ele acabou com você, não foi?

Elon se levantou da poltrona e avançou em direção à moça.

— Você só fez isso porque o arquiduque mandou você parar de explodir a cidade sem motivo!

Elis levou a taça à boca e consumiu uma esfera de Oxiomínio enquanto saboreava o vinho. Trocou elementos.

Elon caiu de joelhos, sufocado, olhos esbugalhados tossindo em busca de ar. Ao redor de seu rosto, o oxigênio em quantidade limitada.

O vinho tinha notas de almíscar, ela concluiu.

— Eu já falei mil vezes. Paciência, Elon. Se você não se comportar, serei obrigada a te punir em frente aos nossos convidados. E nós não queremos isso.

Elon apoiou as mãos no chão, buscando pelo ar que não estava disponível. Elis ergueu um indicador. Elon tossiu e voltou a respirar, então ergueu os olhos em direção à sua mãe, uma face quase cadavérica e sem emoções.

— Elon, volte ao seu lugar.

O rapaz abaixou a cabeça e se sentou.

Suzane riu, provocativa, e o duque castigou seu rosto com as costas da mão.

— Comporte-se!

Suzane segurou o choro, a lateral do rosto vermelha.

Os duques se desculparam pelo comportamento de seus herdeiros. Só não se desculparam por serem grandessíssimos filhos da puta.

De volta à sua poltrona, o duque do Paço Verde retomou o diálogo.

— Aquele sujeito pode até ser inexperiente, mas não é um completo ignorante na arte da troca, como você me fez acreditar.

A duquesa tomou mais um gole de vinho.

— Ele leva jeito, admito, mas não se compara aos nossos.

— Isso não é verdade — respondeu Suzane com voz chorosa.

O duque a olhou, sério, e a moça abaixou os olhos e se desculpou.

A duquesa percebeu que havia algo além de imprudência nos olhos da moça, havia medo. Ela ergueu o indicador, não para fazer troca, apenas em um pedido para que seu convidado aguardasse um instante, sem tirar os olhos da moça.

— Continue.

— Fui até a casa dele, como meu tio mandou. Ele tinha um caderno. O diário de Carolina Maria dos Reis.

A duquesa se calou. Olhos imóveis, focados em lugar nenhum. O duque levou sua taça vazia até o balcão do bar.

— Acha que o diário é real? — perguntou ele enquanto se servia de mais um pouco de vinho.

— Não temos como saber, mas é fato que ele parece estar aumentando suas capacidades de troca.

— Isso é muito simples. Podemos convocar uma *terminazione*.

Elon e Suzane não ousaram se pronunciar, mas assentiram, concordando com as palavras do duque. A divergência veio na voz da anfitriã.

— Ainda não desisti.

— Elis, tenha bom senso. Essa história já se estendeu além do necessário. Temos chamado muita atenção. Aliás, minha família é a mais exposta aqui. Por que é que vocês mesmos não vão atrás desse inconveniente?

— Ainda quero o entregador do nosso lado, Mauro. Ter um usuário de troca que não está limitado a rituais de sangue é uma vantagem que obrigará o arquiduque a nos ouvir.

O duque derrubou vinho fora da taça.

— Do nosso lado? Que história é essa? Achei que estávamos atrás de quem está roubando o estoque de Ox.

A duquesa se juntou ao duque no bar, limpou o vinho com um pano e ergueu sua taça vazia. Acuado, o duque fez a gentileza de enchê-la.

— Refresque minha memória, por que mesmo você propôs esta aliança?

Elis molhou os lábios com um gole de vinho.

— Duas razões. Somos as duas casas mais influentes, além da do arquiduque, e sabemos que um dos nobres está traindo os demais. O entregador tem acesso a Oxiomínio de alguma forma.

— Você acha que ele está agindo com algum duque?

— Jamais. O desvio de Oxiomínio não é novidade, e o entregador é um peixe pequeno nessa história, mas sabemos que não poderia ocorrer nenhum desvio de nosso estoque conjunto sem ao menos um duque fazer vista grossa. Há alguém transportando Oxiomínio para fora do depósito, e isso significa uma mudança drástica na dinâmica da nobreza. Não temos sido amigáveis uns com os outros há muito tempo, mas há um decoro. Um conjunto de normas de etiqueta que seguimos pelo bem comum. Não podemos ver o decoro se romper sem protestar. O arquiduque já nos ignorou demais.

O salão ficou em silêncio por um instante. O duque balançou a cabeça. O que mais podia fazer? Não dava pra discordar.

— E qual será nosso próximo passo?

— Tenho um plano. E preciso que vocês ouçam com atenção.

Rato parou a moto na garagem. O portão duplo estava aberto, imobilizado por um tijolo trincado. O vira-lata caramelo avançou no entregador, não para atacar, apenas apoiou as patas dianteiras na coxa de Rato. Rabo balançando, chicote de alegria. Rato fez um carinho na cabeça do animal, que respondeu exibindo a barriga como quem exigia um carinho melhor. Rato atendeu, coçando a barriga do cão, que tinha a língua pendendo na lateral da boca.

— Bom dia, Guilherme.

Rato reconheceu a voz rouca e envelhecida.

— Bom dia, dona Marta.

A velha bateu com o indicador no topo do cigarro e as cinzas foram levada pelo vento matinal.

— Finalmente lembrou que tem filha, é?

Rato não mordia as iscas de dona Marta quando estava casado com Ariel e não ia ser agora, no divórcio, que ia começar a dar moral pra ela.

— Será que eu posso falar com ela?

Dona Marta olhou para o lado.

— A porta tá aberta.

Ela continuou fumando, encostada na parede. Era só uma quarta-feira besta.

Rato entrou e foi recebido com um grito.

— Papai!

Mariângela correu descalça pela sala e pulou no pai. Rato a segurou no colo, rindo. Beijo no rosto, abraço apertado. Por um instante, a vida era justa e valia a pena.

Rato colocou a menina no chão e ela correu para o quarto e voltou com um punhado de papéis em uma mão e um estojo na outra.

— Olha o que eu fiz.

Mariângela entregou a Rato um desenho de um homem em cima de uma moto, feito com a mais pura técnica do Faber Castell escolar. Das mãos do homem saíam raios dourados feitos com cola purpurina e, pelo papel, havia lantejoulas coloridas.

— Minha nossa, você tá de parabéns. Vai ser uma baita artista quando crescer. Só nos grafites!

Mari ergueu o queixo, orgulhosa.

Ariel surgiu na sala, fechando os últimos botões da camisa.

— Não sabia que você vinha hoje.

— Vim ver a Mari.

Rato se sentou no sofá e colocou a menina no colo, tremendo as pernas e segurando as mãos da pequena como se fossem o guidão de uma moto enquanto, com a boca, simulava o barulho de um motor. Puxava Mariângela de um lado a outro. A menina gargalhou, pronta para acabar com a tristeza do mundo.

Ariel escorou o ombro na parede e riu.

— Como você tá?

— Indo. Cê sabe.

Ela sabia.

Rato jogou a menina de um lado para outro e fez cócegas em sua barriga. Perdeu a conta de quantos abraços e eu te amos deixou ali pra pagar os dias que ficou ausente. Ele sabia que nada pagaria sua dívida, mas tentava mesmo assim. Mari merecia.

Depois de um tempo, Ariel encerrou a brincadeira e mandou a menina ir guardar os papéis que trouxe.

— A gente vai sair. Dona Mari tá precisando de um sapato novo.

Rato pegou o celular, mas Ariel segurou sua mão.

— Ei, não precisa. Ainda tenho bastante daquele que você me deu.

— Tem certeza? Eu posso comprar esse sapato aí. Aliás, cê pode parar de fazer faxina, se quiser…

— Você sabe que independência financeira é importante pra mim.

Rato assentiu e guardou o celular.

— Eu trouxe uma coisa pra você.

Ariel estava acertando a maquiagem com a ajuda de um espelho de mão quando Rato tirou do bolso o caderno dobrado.

— Isso é o diário de Carolina Maria dos Reis.

Ariel passou batom pela bochecha. Então, com ajuda de um lenço umedecido, limpou o estrago.

— Onde você arrumou isso?

— Uma hora dessa eu te conto. Agora eu queria que ficasse com você.

— Comigo? E o que eu vou fazer com essa coisa?

— Você é historiadora...

— Estudante.

— Mesmo assim eu sei que você vai se interessar por isso. Eu quero que cê leia tudo, aprenda o máximo que conseguir. E também quero que você passe tudo o que tá escrito pro computador.

Ariel tinha a boca aberta. Nenhum som saía. Depois Rato quis saber como estava a gravidez, se Ariel precisava de alguma coisa. Ariel olhou para a porta da sala, pediu silêncio e falou baixinho.

— Minha mãe ainda não sabe. Não quero contar antes do terceiro mês. Tô sem saco pra ouvir as chatices dela sem ter certeza que a gravidez vai vingar.

Rato assentiu.

— Se precisar de alguma coisa, fala.

Chamou Mari.

— Vem aqui me dar um beijo.

— Você já tá indo?

— Tenho compromisso logo mais.

— Compromisso?

— É. Fica de olho nas redes sociais. Hoje eu vou fazer um estrago.

Beijou as bochechas gordinhas de Mari e foi embora.

Rato cumprimentou a produtora e os estagiários, que o trataram com a mesma cortesia da visita anterior. A produtora pediu que Rato aguardasse na sala de espera.

— A Andreza quer falar com você antes da entrevista.

Quase quinze minutos depois, Andreza surgiu. Chegou abraçando Rato.

— Que bom que você voltou.

Rato devolveu a educação em forma de palavras de apreço, mas a conversa logo ficou séria. Andreza se sentou ao lado do motoboy.

— Na outra entrevista, vocês bombaram. Muita gente compartilhou e falou de vocês, mas também muita gente ruim falou o que não devia. O cenário de hoje é outro. As pessoas já te conhecem. Você tem gente que te segue. E tá todo mundo lamentando a morte do Carlinho. Essa entrevista de hoje vai chamar muito mais atenção. Se você quiser mesmo fazer isso, beleza. Eu tô contigo, sou a favor da sua causa e vou ceder o meu espaço pra você falar, mas você tem que saber que isso pode voltar pesado pra você.

Rato assentia conforme a explicação de Andreza andava. Era aquilo mesmo.

— Tô ligado. É isso que eu quero.

Andreza e a produtora se olharam, depois abriram um sorriso.

— Eu sabia que você ia dizer isso. Então vamos lá.

Os dois entraram no estúdio. Minutos depois, a entrevista começou. Assim que teve oportunidade, Rato jogou para o mundo o seu discurso.

— Mataram meu irmão. Meu amigo. Tudo o que ele queria era contar a história da troca sendo negada aos pobres. Isso aí não é coincidência. Chamaram ele de vagabundo na TV. A polícia falou que ele tava agredindo alguém. Tava nada. Carlinho era gente fina, não sabia nem brigar. Era da paz. Mas é isso que os caras vão fazer com a gente, vão silenciar a nossa fala, vão parar a nossa luta, vão matar a gente e chamar de bandido na TV. E vão fazer isso todo dia até a gente parar de incomodar.

Por trás das câmeras, a produtora ergueu um polegar. Andreza sorriu.

— E o que você vai fazer agora?

Rato olhou direto para a câmera principal.

— A ideia é simples, truta. Os caras só vão continuar fazendo essas coisas se a gente deixar. A gente não tem nada. Não tem Ox, não tem troca, não tem poder, não tem influência. Mas nós somos muito mais do que os nobres. Se a gente se juntar, já era. Não vai ter Ox no mundo que esses nobres vão poder usar pra silenciar a gente. Por isso eu queria chamar todo mundo. Você que tá cansado de trabalhar doze horas por dia pelo aplicativo pra receber migalha. Você que faz hora extra pra poder pagar o curso. Você que trancou a facul porque a hora extra não tava dando. Você que acorda cedo todo dia, pega ônibus, enfrenta trânsito, sol e chuva pra ser tratado igual lixo pelo seu chefe. Eu convoco todo mundo que sente que tem uma bota gigante pisando em cima. Porque a nossa moeda de troca não é o Ox. A nossa moeda é só a nossa mão de obra memo. E a gente vai usar. Amanhã à tarde, em frente ao Dona Sônia. Manifestação de parar o trânsito. Ouvi dizer até que esses caras querem reconstruir a estátua do Bernardo Gama, vê se pode. A gente não vai deixar. Amanhã, todo mundo comigo ali. Dessa vez, eles vão ter que ouvir.

Em seguida, Rato respondeu a uma bateria de perguntas do público que assistia à entrevista ao vivo. Falou da infância, da vida adulta, da rotina de entregador de aplicativo. Falou da troca, mas o mais importante ele guardou para o final. A equipe de Andreza já tinha servido salgadinhos, suco e até uns chocolates. Rato aproveitava os aperitivos enquanto preenchia cada oportunidade com suas ideias.

Andreza anunciou que precisavam encerrar a entrevista e fez a última pergunta.

— Como a gente vai conseguir propagar a troca na periferia?

Rato tomou um gole da limonada à sua frente, respirou fundo e devolveu um olhar perfurante a Andreza.

— A gente tem que ficar mais ligado na história de Carolina Maria dos Reis. Ela foi a primeira preta e pobre a usar a troca. E usou tão bem que meteu medo nos nobres. Os cara fizeram uma aliança pra excluir ela das descobertas e pra limitar o acesso ao Oxiomínio. Durante muito tempo, os caras tentaram apagar a história dela, mas nós vamos resgatar isso aí. Fica de olho, porque logo a gente vai trazer umas descobertas que vão deixar todo mundo de cabelo em pé.

Na porta do estúdio tinha um pessoal. Pediram foto, abraçaram Rato, falando palavras de apoio, de agradecimento, incentivo. Gente da quebrada, que se dividia em vinte pra conseguir cuidar da família, e pela primeira vez estava acreditando não só que o mundo tava errado, mas que dava pra resistir.

Rato levou quase duas horas para atender todo mundo e se despediu quando viu que a coisa podia fugir do controle. Cada foto, cada aperto de mão chamava mais gente. Em qualquer rede social, a maior discussão era sobre sua nova entrevista.

A moto tinha ficado no estacionamento. Rato venceu a tarde e chegou em casa antes da hora do rush. O interior de seu lar parecia uma zona de guerra, cicatrizes do confronto com Suzane. Mal entrou na sala, o celular vibrou com chamada, número desconhecido. Quando atendeu, uma surpresa.

— Você é uma pessoa eloquente, ainda que não siga a norma culta do idioma.

Não precisou perguntar quem era. Conhecia bem aquela voz monótona e pretensiosa.

— E aí, duquesa. Não sabia que cê tava assistindo à entrevista.

— Estou ligando porque quero te fazer um favor...

— Igual ao que cê fez mandando aquela guria me matar na minha casa?

— Não sei do que você está falando.

— Sabe, sim. E olha só, se for ficar mentindo pra mim, nem vou te dar ideia. Falou!

Ele desligou e bloqueou o número. Minutos mais tarde, um outro número desconhecido chamou.

— É muita grosseria desligar na cara das pessoas.

— Se foda. Quando a pessoa mente pra mim, não merece nem educação.

— Achei que depois de tudo que aconteceu, ao menos teríamos desenvolvido algum respeito um pelo outro.

— Cê tá viajando.

— Tenho uma nova proposta para você.

— Se você quer ter a chance de falar comigo, é melhor começar admitindo que fez merda. Que mandou aquela Barbie do inferno atrás de mim.

— Peço desculpas pelo inconveniente.

— Inconveniente é ter dor de barriga. O que cê fez foi filha-da-putice, isso sim.

A respiração da duquesa pesou.

— De qualquer jeito, faço questão que você ouça minha ideia.

— Não quero suas toneladas de Ox.

— E se elas não forem pra você? E se eu financiar um museu de memória a Carolina Maria dos Reis?

Rato riu.

— Cê tá querendo se passar de santinha pra mim? Cê tem que achar que eu sou muito otário de acreditar nessas suas promessas.

— Você está entendendo errado. Essa é uma oportunidade de você conseguir tudo o que quer. A doação será anônima, você vai poder dizer que a conquista foi sua. Imagina quantos seguidores irá conquistar.

— Esse museu vai sair, sim, mas não vai ser com a sua ajuda.

— Rato, essa é a oportunidade de a luta acabar. Me escute e ninguém mais vai ter que se machucar. Pense nas pessoas que se feriram nas ruas por causa da troca mal utilizada. Pense no seu amigo que morreu...

Rato se sentou no sofá, empurrou os detritos do confronto para o lado.

— Cê não é ninguém pra vir falar do Carlinho pra mim.

— Se acalme, estamos só conversando.

— Eu me acalmo quando quiser. Não é você que vai ficar controlando como eu me sinto com as coisas. Esse é o problema de vocês. Estão acostumados a controlar tudo, a vida inteira, acham que têm o direito de decidir o que as pessoas vão sentir, o que vão fazer, em quem vão votar...

— Falo isso pensando em você. Se não se acalmar, nossa conversa pode ficar mais... incômoda.

— É isso que eu tava esperando. Finalmente cê começou a falar a verdade aqui. É isso que cê faz, quando não consegue o que quer, ameaça. Eu tenho uma novidade pra você, duquesa. Não tô com medo. Se quiser vir, é só colar.

— Você está se precipitando. Ainda nem terminei de falar a minha proposta e você já está rejeitando.

— Não tem nada que possa vir de você que eu vá querer.

— Você é muito emotivo. Para ser bem-sucedido, é preciso ter mais frieza. Falo isso ao meu filho o tempo todo. É um mal da sua geração.

— Eu vou te garantir uma coisa, posso estar perto da idade do seu filho, mas não tenho nada a ver com esse playboyzinho aí.

— Rato, chega de ofensas. Tudo o que eu quero é fazer a minha proposta. Me escute e depois dê sua resposta. Quando você me disse não na primeira vez, eu te deixei em paz.

Só se for na sua cabeça.

— Tá certo. Passa logo seu um-sete-um aí.

Rato ouviu a respiração pesada da duquesa, que devia estar controlando até a última fibra do próprio ego para não explodir.

— Além do museu que já prometi, e de uma quantia de dinheiro substancial para você, que pode ser negociada de acordo com seu interesse, eu quero dizer que eu tenho uma nova oferta.

Parecia um gerador de lero-lero.

— Você deve ter reparado que estamos sem estátua alguma em frente ao Dona Sônia. Eu posso ligar para alguns conhecidos, cobrar alguns favores e erguer uma estátua... diferente.

— Cê acha que eu vou me vender por uma estátua da Carolina?

— Não. A Carolina vai ganhar um museu. Você devia prestar mais atenção na oferta. É hora de erguermos uma estátua que homenageie a luta das periferias, que represente a voz das multidões que se sentem silenciadas. O povo precisa de um novo herói. De um herói atual.

— Cê tá apostando muito que eu vou ficar mexido com esse discurso, né? Eu não tenho essas vaidades não, duquesa. Não quero ser herói de ninguém. Não quero ser símbolo de nada.

— Você errou de novo. Não quero erguer uma estátua sua. Quero fazer uma estátua do seu amigo, que faleceu daquela forma lamentável. Imagine uma estátua tão grande e poderosa quanto a anterior, que você transformou em água. Imagine a mensagem que isso irá transmitir. Imagine a homenagem histórica que estaremos fazendo. Acima de tudo, você terá a chance de se redimir com seu amigo, depois de tê-lo envolvido nisso.

Não era que a duquesa estivesse perto de convencer Rato, mas ela conseguiu chamar a atenção do entregador. Provavelmente não da forma que gostaria.

Rato tomou fôlego e respondeu:

— Vá tomar no olho do seu cu.

14

Sol da tarde moendo. Faltava pouco pra chegar, o trânsito não andava. Vozerio no fim da avenida. Rato percebeu a razão. Desligou a moto e a empurrou pela calçada. Nas costas uma mochila pesada. A cada quadra, mais pessoas, mais ombros dentre os quais se embrenhar.

Até chegar à rotatória tomada por um mar de gente, cartazes, placas e vendedores ambulantes.

— Fala aí, Rato!

Alguém o reconheceu e Rato acenou. Geral comemorou a chegada do entregador. Havia carros de polícia posicionados ao menos em quatro pontos. Recado dado.

Os últimos metros foram os mais intensos. Ombrada daqui, dá licença de lá. No centro da rotatória, jazia a base de concreto onde antes ficava a estátua de Bernardo Gama. A placa de metal tinha sido arrancada. No lugar um picho com as palavras "Carlinho presente".

Dois caras ajudaram Rato a subir na base de concreto.

Lá de cima viu a cidade parada. Periferia tomava até onde os olhos alcançavam. Bateu forte. Rato segurou a emoção. O povo preto nas ruas. Uns poucos brancos e uns playboy, verdade, mas todo mundo ali querendo a chance de decidir a própria vida, de não se intimidar com a troca da nobreza.

Alguém colocou uma caixa de som ao lado de Rato e lhe entregou um microfone. Rato bateu na cúpula do objeto para testar o volume e uma microfonia avisou que estava perto demais da caixa. Um rapaz a reposicionou e ergueu o polegar para avisar que Rato podia começar.

E ele começou. Falou o que tinha pra falar. Entre aplausos e gritos de "É isso aí", o discurso durou pouco.

Rasgando o céu, Elon se aproximou, bala perdida, equilibrado sobre um círculo de terra. Pousou ao lado de Rato, ignorando as vaias.

— É melhor para todos aqui se você parar.

Rato abaixou o microfone porque o papo ali era pessoal. Não se deixou intimidar, lembrou da mochila às suas costas. Trazia todo seu estoque pessoal de Ox, preparado para qualquer confronto.

— Eu não vou parar nada. Se você tentar qualquer coisa, vai ter briga. E da última vez cê sabe como terminou.

— O seu problema é que você não sabe a hora de ficar quieto. Não se contenta com nada. Você já tinha conseguido o queria, chamou atenção, conseguiu Ox, se aproveitou da ingenuidade das pessoas. O que mais você quer? Pega o seu dinheiro e se manda, vai viver a tua vida.

O motoboy riu, apontou o indicador para Elon enquanto inflamava suas respostas, polegar erguido.

— Cê tá louco. Eu tô longe de conseguir o que eu quero. Antes, eu só queria a troca sendo ensinada pra todo mundo, mas por causa disso cês mataram meu amigo. Agora, eu quero o Ox todo na mão do povo. Cês não são de confiança pra ficar administrando essa parada.

O rapaz entortou a boca, enojado pelo discurso de Rato.

— Minha mãe falou que você era um péssimo negociante...

— Falou, truta. Pra vocês, quem não cai no papo não sabe negociar. Só negocia quem aceita o que cês oferecem. Aqui, não. Se quiser negociar, vai ter que oferecer o que a gente quer, e vai ser do nosso jeito.

— Minha mãe ofereceu exatamente o que você queria...

— Sua mãe só tirou com a minha cara. Sua mãe pensa que eu quero fama, que eu quero dinheiro. Eu quero justiça, e não tem jeito de a gente alcançar isso sem que cês percam alguma coisa. Consegue adivinhar por quê?

A face de Elon endureceu, olhos inflamados, punhos fechados.

— Você tá acabando com a vida de um monte de trabalhador. De gente honesta, que cuida de suas famílias.

— Até concordo que cês cuidam das suas famílias, mas chamar de trabalhador e de gente honesta é foda. Cê tá querendo me fazer rir.

Uma das pedras de Ox no cinto de Elon foi consumida e a mão direita do rapaz se avermelhou. Rato deu um passo à frente.

— Se cê quiser, a gente faz isso aqui, mas cê tá ligado que não aguenta comigo, né?

Elon apagou a mão e queimou uma fileira inteira das pedras de Ox. Um pedaço do asfaltou rachou, fazendo com que as pessoas mais próximas se afastassem. Uma porção de terra, concreto e asfalto circular flutuou à frente do playboy, que subiu na plataforma e voou para longe.

Conforme Elon se distanciava, as vaias e os aplausos aumentavam.

Rato se preparou para seguir com o discurso, mas algo estava errado. Um policial entrou no carro e foi embora. Aos poucos, todos os homens fardados se recolheram a seus veículos e abriram rotas de fuga entre a multidão. O povo, cada vez mais feliz, bradava refrões de vitória, aplaudia a ausência da polícia. Rato não comemorou. Aquilo estava longe de ser uma retirada em respeito à manifestação.

As pessoas pediam que ele falasse mais, o discurso só tava começando. Rato olhou em volta. Chegou o momento em que não viu mais nenhum policial. Não tinham estado mesmo ali pra proteger os manifestantes; mas, se estavam indo embora, era porque não queriam ver o que ia acontecer depois.

Uma clareira explosiva se abriu em meio à multidão.

Merda.

Pessoas feridas, testas sangrando. Corpos jogados ao chão, inertes. Rato estremeceu. Não tinha como saber se estavam mortos ou só inconscientes, a possibilidade foi o suficiente para que cada um de seus ossos gelasse.

O alvoroço se instalou. Gritos, choro. Correria. No meio de tudo estava Suzane, sorrindo. Cada passo fazia abrir um perímetro de pessoas amedrontadas, indefesas. Até que alguém gritou.

— Não vou ter medo de você!

Um grupo reuniu forças para investir contra a nobre, aos gritos. Suzane esticou os braços, formando uma cruz com o corpo, uma nova explosão afastou qualquer pessoa que ousou correr em direção a ela. Assim, não restaram gritos de protesto. Apenas pessoas em fuga. A moça arremessou suas bolas explosivas para o alto e novas explosões no ar aumentaram ainda mais o terror e o caos.

Rato largou o microfone e partiu para cima dela. Consumiu seis pedras de Ox e uma espiral elétrica se formou em seu braço direito. Quando chegou a poucos metros de Suzane e viu o caminho livre, ensaiou o soco no ar e deixou o punho fechado à frente. Uma rajada elétrica viajou até o peito dela, que caiu, desnorteada, mas se levantou. Ainda tonta, mas pronta para o confronto.

Rato consumiu Ox e preparou mais um soco elétrico. Foi quando Elon fez uma sequência de três bolas de fogo chover sobre Rato. O motoboy se protegeu transformando o corpo inteiro em pedra para não sofrer dano dos projéteis flamejantes. Elon desceu a toda velocidade, o joelho se chocando nas costas de Rato.

O motoboy caiu de bruços, o nobre em cima dele e a outra vindo com um sorriso sombrio.

Em volta, correria e choro. Sangue e desgraça.

Certo.

Hora da revanche.

Rato consumiu Oxiomínio, conjurou redemoinhos de vento em seus punhos. Um soco no estômago e Elon foi empurrado. De um lado, o playboy folgado. Do outro, a patricinha metida a besta. No meio, Rato. E Rato era rato.

Suzane juntou as mãos, dedos entrelaçados e um ponto alaranjado nasceu na ponta de seus indicadores, que apontavam para frente. Disparou. O projétil tinha o tamanho de uma bola de gude e viajou em um piscar de olhos, só parando quando encontrou o ombro de Rato.

O entregador segurou o grito na garganta, dentes pressionados. *Domine a dor, não deixe ela te dominar.* O disparo foi tão rápido que não deu tempo de apará-lo.

Suzane acendeu mais um. E mais outro. Mais outro ainda. A cada tiro, uma quantidade alta de pedras de Ox desaparecia de suas joias. Disparou-os em sequência, o riso desenhado no rosto, a morte correndo em suas veias. Rato espalmou as mãos diante de si, a dor intensa no ombro se agravou, conseguiu erguer uma barreira de vento. Os projéteis de Suzane perderam a velocidade, perfuraram a barreira e caíram do outro lado, inertes.

Elon rasgou em direção a Rato, acertando um chute nas costelas do motoboy. Rato rolou de lado pelo gramado da rotatória, parou no asfaltou vazio.

Pessoas corriam, fugindo em todas as direções, carros buzinavam, reivindicando as ruas. No canto da boca, Rato limpou o fio de sangue e virou o boné para trás. *Agora fodeu pra você, playboy.*

Fez troca. As mãos do motoboy foram revestidas por uma camada de pedra, os punhos pesaram. Não era bailarino nem lutador profissional, mas cresceu na rua. E a rua é *nóis*.

Suzane arremessou uma bola explosiva. Rato segurou com a mão petrificada e redirecionou para o rosto de Elon a poucos centímetros, pronto para lhe acertar um soco. A moça percebeu e dissipou a troca, mas não foi rápida o suficiente. Um pequeno vestígio da explosão original acertou o nobre.

O playboy se encolheu com o impacto, tossiu, limpou o rosto e exibiu olhos vermelhos, lacrimejantes.

— Você vai morrer agora, neguinho.

Rato sorriu. Gostava assim, quando a máscara caía. Desferiu um socão na cara do boy. Elon atordoado. Rato socou de novo e segurou o rapaz pelo colarinho, usando o corpo do inimigo como cobertura, o que fez Suzane interromper seus disparos.

Então desceu. Mão direita, soco na cara. Um atrás do outro. Ia romper a camada de proteção conferida pelo Oxiomínio na marra. Soco na cara. Soco de novo. *Engole essa, cuzão.*

O nariz de Elon sangrava. Olhos fechados, supercílio inchado. Soco na cara.

— Cê vai aprender a ter respeito.

Soco na cara.

Elon caiu no asfalto. Engasgava com sangue. Tossiu até cuspir alguma coisa. Rato olhou bem e reconheceu o dente caído e coberto de vermelho.

Esticou a boca, satisfeito.

A rua é nóis.

Rato consumiu Ox e uma corrente elétrica cercou seus braços em espiral. Correu até Suzane.

Explosão.

Rato protegeu o rosto com as mãos. Quando a fumaça baixou, viu a moça correndo.

Vai fugir, filha da puta? Vai nada!

Rato correu. Não era atleta, mas não precisou de muito. Descarregou um dos braços elétricos e acertou as costas de Suzane. Ela deu um grito de arranhar os tímpanos. Caiu de joelhos.

Rato andou o resto do caminho e puxou a moça pelos cabelos, arrastou Suzane pelo asfalto e a jogou ao lado de Elon.

— Seguinte, eu já avisei antes e cês não me deixaram quieto. Hoje não vai ter conversa.

Descarregou o outro braço nos dois. Os corpos tremiam. Rato usou até a última de suas forças de troca para punir os dois, mas não era sobre punição. Era sobre viver em paz. E a paz só viria quando os boys não viessem mais.

Rato ergueu a mão, consumindo Ox. O punho rochoso, uma marreta. Pé direito na frente, pé esquerdo atrás, pra não perder o equilíbrio.

— Rato!

Um grito atravessou toda a loucura da tarde. A cidade parou. Pelo asfalto andava a duquesa do Iguaçu. Dona do mundo. Pisava no chão como se pisasse em qualquer um.

Rato achou que o grito fosse só estratégia de intimidação, mas, quando virou o rosto, toda a sua troca se desfez.

Nunca sentiu tanto medo.

Em uma mão, a duquesa segurava Ariel pelos cabelos. Na outra, segurava Mariângela pelo ombro. As duas tinham olhos esbugalhados, sufocando em busca de oxigênio.

— Você vai parar agora — ordenou Elis. — Vai entregar todo Oxiomínio que tem e vai vir comigo, como um bom menino. Se você se comportar, eu solto as duas.

Pensa rápido, Rato.

Foda, pensar em quê?

Rato esvaziou os bolsos e a mochila, jogando todo o estoque de Oxiomínio no chão. Tinha consumido a maior parte no confronto.

A duquesa soltou Ariel e Mari, que tossiram até recuperar o fôlego. Mariângela chorava. Ariel tentava não chorar. Rato se ajoelhou ao lado da filha.

— Olha pra mim, bebê. Tá tudo bem.

A duquesa caminhou até chegar ao lado de Rato. Tocou o rosto do motoboy e de suas mãos saiu um gás cinza claro, quase imperceptível.

Rato só ouvia o choro de Mariângela.

O sol da tarde escureceu. Ele sentiu o corpo amolecer, perdeu a consciência antes de bater no chão.

15

De volta ao mundo dos vivos, Rato se viu amarrado a uma cadeira. Sala ampla, vazia. Exceto pela televisão sobre uma mesa, dois metros à frente. Lugar agradável para ver um filme, não fosse o desconforto do assento e as dores no corpo. Ficou claro que, além de ter apagado pela troca da duquesa, Rato também foi agredido.

Vida miserável.

Rato tentou se soltar. Tentou, porque conseguir mesmo não ia. Gritou. Sua voz ecoou pelas paredes vazias, sem janelas, sem vida.

Ouviu barulho de porta abrindo e a luz do corredor iluminou a parede em frente a Rato, que olhou por cima do ombro. A duquesa tilintava os sapatos no piso. Cada passo era preciso, para dar certeza a quem quer que fosse que ela estava chegando.

Porra, faz um sapateado logo que o barulho é menor.

Elis parou ao lado de Rato. Olhos gélidos, nenhuma marca de expressão. Um fantasma estático, uma foto em preto e branco de gente desinteressante que viveu muito tempo atrás.

Um homem surgiu em seguida, deixou uma cadeira e saiu da sala, fechando a porta.

Elis se sentou e olhou para Rato, que devolveu o olhar, dentes rangendo, coração acelerado. Se fosse possível misturar ansiedade, ódio e remédio para o fígado, o resultado seria Rato. Ali mesmo, sentado, amarrado. Inerte.

A duquesa sustentou o olhar, pegou o controle na mesinha ao lado da TV e a ligou.

Jornal Nacional.

William Bonner e o caralho. Entrou uma matéria sobre o confronto no centro da cidade, com cortes enfáticos dos discursos de Rato e imagens dele atacando Elon e Suzane. A narração reforçava que o motoboy agiu com violência contra os filhos de nobres que apareceram na manifestação para dialogar. Entrou uma imagem de Elon ao lado Rato sobre a base de concreto.

A narração anunciou que, dias antes, a duquesa do Iguaçu tentou encerrar o clima de confronto de forma pacífica. Na imagem, uma foto estática de Rato acima de uma foto da duquesa. No fundo, tocava uma gravação. Rato reconheceu as falas. Seu diálogo por telefone. Palavras trocadas de lugar, frases tiradas de contexto. Se antes ele havia resistido às tentativas de suborno da duquesa, agora era apresentado a todo o país como um oportunista que ameaçava explodir uma guerra caso não recebesse uma quantia maior de dinheiro. O mesmo oportunista que desprezou a ideia da duquesa de criar um museu e uma estátua em homenagens aos ícones que Rato alegava defender.

Jornal Nacional. Horário nobre.

A fórmula perfeita do cancelamento. Tudo o que Rato tinha a seu favor eram suas ideias. Já viu branco classe média seguir ideia de preto cancelado? Podia esquecer, ninguém mais acreditaria no que tinha a dizer. Estava sozinho, sem esperança.

Deixou o corpo cair, ainda amarrado à cadeira, pernas e braços bambos, ombros murchos, pescoço curvado para frente.

A duquesa desligou a TV.

— Olhe para mim.

Rato não se moveu.

— OLHE PARA MIM!

Foda-se. Ficou parado.

Elis segurou Rato pelo cabelo e o forçou a encará-la.

— Você podia ter tudo. Sem preocupações, sem confrontos. Podia ter seu amiguinho a seu lado. Podia estar perto de sua família. Te fiz uma oferta generosa. Meu segurança mais antigo, da minha máxima confiança, não vai receber o que te ofereci mesmo que ele trabalhe para mim por mil anos, sem férias. Você é só um ingrato, ganancioso. Sua cegueira está tentando dividir o nosso país em dois. Os nobres e os outros. Não existe divisão, somos todos humanos. Essas guerras que você inventou, essa historinha sobre opressão que você contou... nada disso existe, e você sabe.

Ela largou o cabelo de Rato e limpou a mão no tecido do vestido bege. Enojada.

— O que você tem a dizer em sua defesa?

Vai se foder.

— Onde tá minha família?

Elis segurou o rosto de Rato e puxou-o o máximo que conseguiu, as unhas cravadas na pele do entregador.

— Você acha mesmo que eu iria ver você surrar o meu filho e não fazer nada com a sua família?

— Onde elas tão? O que cê fez?

Rato se debateu até desvencilhar o rosto das mãos da duquesa.

A resposta foi o olhar frio de sua captora. Um olhar que não disse nada, mas fez crescer em Rato uma angústia. Uma sensação de luto incerto. De esperança mentirosa. O que era aquilo? Não saber era pior, muito pior.

A duquesa ergueu um dedo, queimando Ox, e Rato perdeu o ar. Sentiu os pulmões ressecarem. Forçou a respiração, abriu a boca, tentou engolir. Buscava oxigênio, mas não conseguia. Sentiu a cabeça doer, a sala girando. Um túnel de vida se estreitava. Rato enxergava cada vez menos. Sentia cada vez mais. A agonia do fim.

De barulho, só ouvia a voz da duquesa.

— Você está condenado a morrer sem uma resposta. Diga adeus ao mundo que você desperdiçou e nunca mais volte.

Ela estalou os dedos e o ar ficou mais denso, alguma mistura gasosa que Rato não reconheceu. Não só lhe faltava oxigênio, mas sentia a dor de uma lança lhe perfurando a garganta, um gancho lhe arrancando as costelas. Volta e meia sentia uma fração de ar entrar no pulmão. A duquesa queria que aquilo durasse, uma morte lenta.

— Você não merece, mas ainda posso ser generosa. Se me disser quem está tirando Ox do depósito, posso fazer sua morte ser rápida e sem dor.

Sem Ox, não havia o que fazer.

Rato focou o olhar nas tiras douradas que adornavam o vestido da duquesa. Pedrinhas de Oxiomínio estavam dispostas como decoração e exibição de poder. Se ao menos pudesse consumi-las, estaria a salvo.

Claro que não podia. Oxiomínio tinha dono, depois do ritual de sangue. Não houve consumo. Não houve troca.

Rato estava prestes a morrer.

O ar voltou.

Tosse.

Inspiração.

Tosse.

Inspiração de novo. Vivo. O que era aquilo?

Rato ergueu os olhos, atordoado. Viu no rosto da duquesa o desenho do mais puro horror. Não havia disfarces, ela estava com medo. Respiração acelerada, ofegante. Boca aberta. Olhou para si mesma e gritou. Todo o Oxiomínio em seu vestido havia sumido.

— O que você fez?

Ela tocava os adornos onde deveria estar todo o seu estoque em busca de algum vestígio, mas não havia nada. Também não havia qualquer pista de que Rato tinha feito alguma troca. O Ox tinha sumido e mais nada. Mesmo assim Rato sentia um leve formigar em seus braços.

Ela olhou para Rato com um misto de ódio e medo, então não resistiu à nova informação. Correu. Nem se dignou a garantir que a porta ficasse fechada.

Rato esticou as pernas e se ergueu com a cadeira ainda amarrada ao corpo. Se jogou para trás e usou seu peso para quebrar o móvel. Dor nos braços e nas pernas. Dor nas costas. Estava livre. Puto da cara e livre.

A gente precisa aprender rápido.

Na prática, era jogar o dinheiro dos nobres no lixo. Conhecia uma duquesa que ia se cagar de medo daquela ideia.

Muita calma.

Sabia nem onde estava. Se metesse o pé na porta, o que ia acontecer? Podia consumir Ox alheio. Ótima notícia. Não podia fazer troca com isso. Foda. A duquesa tinha corrido, se cagando de medo. Dia feliz. Mas o paradeiro e o estado de sua família ainda eram desconhecidos.

Respirou fundo. Peito inflado, ar escapando pela boca aos poucos. Fechou os olhos e se concentrou nos arredores. Tentou consumir alguma coisa. Qualquer coisa. Prestou bem atenção. Seus braços formigavam. Queimou mais. O que seu corpo alcançasse estava bom. Seus braços formigaram ainda mais.

Aí, sim. Podia fazer Oxiomínio desaparecer. Agora era só testar sua capacidade de negociação.

Pé na porta.

Corredor estranho. Bem iluminado, com cara de sala de dentista, ambiente esterilizado. Que porra era aquela? Procurou o celular no bolso pra tentar ver sua localização. É claro que não estava lá.

No fim do corredor surgiram dois homens.

— Mão na cabeça!

Rato riu. Notou que reconhecia o uniforme daqueles seguranças, o corredor branco bem iluminado e até as câmeras espalhadas por ele. Sabia onde estava.

— Falou.

Pôs as mãos na cabeça e queimou o máximo de Ox que conseguiu.

Do outro lado do corredor um ruído metálico alto. As duas armas tiveram suas carcaças de ferro amassadas. Assustados, os seguranças largaram o amontoado de ferro amassado em suas mãos para se descobrir desarmados. Um deles chamou reforço pelo ponto eletrônico em seu ouvido.

Um alarme soou.

Rato estava tranquilo. Caminhava pelo corredor com acesso a todo o Ox que precisasse. Podiam vir quantos seguranças fosse. Vieram cinco.

— Cês tem certeza? — provocou Rato. — Eu só quero sair daqui e ver a minha família de novo. Mas se me atacarem, vou ter que me defender.

Pouco depois, a duquesa surgiu no corredor, olhos arregalados.

— Abaixem as armas!

Os homens a olharam, confusos. Ela insistiu.

— Ele consegue acessar o Ox do estoque daqui.

Um dos seguranças respondeu:

— Ele não é um duque. Não deve ser muito bom de troca. Podemos matá-lo antes que ele faça qualquer coisa.

A duquesa não disse nada. Os seguranças abaixaram as armas e recuaram.

Vagabundo não era besta. Rato limpou o fio de sangue que descia pelo nariz. A confiança nos lábios e a fúria nos olhos.

— Minha família. Agora.

— Não estão aqui.

— Cê tá achando mesmo que eu vou acreditar na sua conversa a essas horas?

Elis ergueu as mãos abertas e pediu calma. Quase implorou. Foi devagar buscar um objeto no bolso e tirou o celular.

— Aqui, pode ligar.

Ela deslizou o objeto pelo piso e Rato discou os números.

— Alô?

A voz de Ariel.

— Cê tá bem?

— Estamos bem. Soltaram a gente tem uma meia hora.

— Cês tão machucadas?

— Não. A Mari tá chorando sem parar, mas ninguém se machucou. E você?

— Fala aí, qual filme cê viu ontem?

Ariel suspirou.

— Não acredito que você vai me fazer falar isso.

— Eu preciso muito de uma resposta.

— Puta que pariu, Guilherme...

— Eu tô com pressa.

— Tá bom, chato! *Jurassic Park*.

— Tem certeza? Muita gente confunde esse com aquela porcaria de *Jurassic World*.

— Tenho certeza que foi *Jurassic Park* mesmo.

— Valeu.

Desligou. Aceitou que elas estavam bem, mas isso não significava que elas não seriam ameaçadas de novo. Precisava correr.

Acessou as configurações do aparelho e pressionou o botão para reiniciar com as configurações de fábrica, depois caminhou em direção à duquesa, chegando perto o suficiente para que o celular ativasse o reconhecimento fácil e iniciasse a tarefa de apagar todo o conteúdo do dispositivo.

— Seguinte, minha filha tá chorando.

— Dei ordens para que ninguém machucasse as duas...

— Cala essa boca. Não tenho mais nada pra te perguntar.

Rato deu um passo para o lado, se colocando em frente aos seguranças.

— Chutem as armas pra lá.

Apontou o começo do corredor, de onde tinha vindo. Os homens olharam para a duquesa, que os fez obedecer com um aceno de cabeça.

— Agora deitem — mandou Rato. — Barriga pra baixo, mão na cabeça.

Um deles protestou.

— Tá folgando, negão.

A resposta da duquesa veio em voz firme, empurrada na marra por entre os dentes.

— Obedeça.

Os homens se deitaram, mãos na cabeça.

— Como eu ia dizendo, cês fizeram minha filha chorar. Isso vai custar caro. Literalmente.

— Não faça nada que não possa ser desfeito. Sua única chance de sair vivo daqui pode ser também a razão de você morrer ainda hoje.

— Fica tranquila. Eu vou sumir com um pedaço do Ox que eu conseguir alcançar daqui. Se alguém encostar em mim, tentar impedir que eu saia ou me seguir, eu evaporo todo o resto e você pode ir chorar no banco pedindo crédito, igual a nós.

— Você não está raciocinando. Pensa bem, se você desfalcar o Oxiomínio daqui, quem acha que vai pagar por isso?

Rato arqueou a sobrancelha. A duquesa prosseguiu.

— Vamos ter inflação. Para quem tem muito, nada muda. Pense nas pessoas como você. Como vai ser quando alguém entrar no mercado e não conseguir fazer a compra do mês?

— Cê tá mesmo tentando botar em mim a culpa da falta de grana pra quem é da quebrada? Se foder! Cês tão distribuindo essa merda de Ox errado desde sempre. Quando descobriram a troca, ficou mais injusto ainda. Cê só tem muito porque um monte de gente não tem nada.

— Se você tem algum problema com a distribuição, podemos conversar. Posso mediar um acordo interessante...

— Acordo? Cê quer acordo?

Firmou a mandíbula. Rato não tava ouvindo aquilo, tava?

— Vou te falar o único acordo que eu aceito. Junta todos os nobres pau no cu igual você, separa todo o estoque de Ox disponível nesse depósito de merda e divide igual pra todo mundo. Não importa onde more ou que trampo desenrole. Pega o número da população e divide igual. Esse é meu acordo.

Elis secou uma gota de suor com a ponta do indicador.

— Você precisa aprender a negociar. Pense em algo razoável, algo real. Isso que você propõe é uma ilusão boba de quem não conhece nada de economia. Se você quer conversar, tudo bem, mas não venha aqui me propor um acordo irreal desses. O Oxiomínio não pode ser distribuído dessa forma. Não pode!

Rato balançou a cabeça com um sorriso enojado, que era mais do que aquela mulher merecia.

— Se não pode ser distribuído igual pra todo mundo, então não pode ser distribuído pra ninguém.

— É frustrante tentar um diálogo com quem não sabe negociar. — Ela se afastou pelo corredor, pouco antes de fazer a curva e sumir de vista tocou o ponto eletrônico em seu ouvido — Não deixem ele sair daqui vivo.

Rato queimou Ox. Deixou os seguranças sem oxigênio por alguns segundos, o suficiente para sair dali em disparada, atrás da duquesa.

Ao virar o corredor, uma saraivada de tiros. Como tinha um estoque muito alto, queimou Ox o suficiente para usar uma das trocas mais caras, segundo o diário de Carolina.

Reuniu ao seu redor gases e partículas convertidos em uma espessa camada de ar que o protegia. De novo usava a bolha de proteção, e pela primeira vez aplicou a técnica correta. Poderia caminhar por onde quisesse naquele prédio. Sempre que o efeito estivesse quase no fim iria renovar a troca. Não ficaria sem Ox enquanto estivesse ali.

Os tiros acertaram a bolha, mas caíram ao chão, inofensivos.

Rato viu a duquesa correr. Ele foi atrás, a bolha de proteção precisava ser renovada a cada trinta segundos, o que dificultava sua corrida. Aos poucos perdeu o rastro da duquesa. Decidiu que era mais importante sair dali. Passou por seguranças, amassou armas com a troca, prendeu pés em uma camada de gelo, explodiu portas. Até encontrar o elevador.

Do lado de fora havia uma verdadeira comitiva o aguardando. Dois jipes, cinco motos e vários seguranças a pé. Todos armados. Não houve aviso ou ameaça, dispararam assim que Rato saiu do prédio. Sua bolha de proteção aguentou firme a investida dos seguranças, mas logo pensou na troca usada por Carolina e, mais uma vez, Ox não era problema.

Concentrou-se em mais de cinco quilos de Ox. Consumiu tudo de uma vez. Todos os seguranças nos arredores ficaram paralisados. Rato sabia que o efeito iria durar no máximo quinze minutos. Correu até uma das motos e tirou o segurança de cima. Assim que o tocou, a paralisia dele foi interrompida. Rato queimou mais Ox para produz gás do sono, o que levou seu adversário a dormir antes mesmo que pudesse reagir.

Em posse de sua nova moto, saiu dali o mais rápido que conseguiu.

Rato manteve os olhos bem abertos. Concentração.

16

Estacionou a moto. Logo em frente, avistou a casa de alvenaria com pintura descascando. O foda foi perceber que estava sendo seguido. De novo.

Puta que pariu, sem tempo, irmão. Lá na esquina tinha um homem. Era homem? Nem dava pra ver o rosto. Escondido nas sombras, aproximou-se de Rato, mancando. Rato o reconheceu, era o mesmo sujeito que o havia seguido antes. Agora estava ali, parado em frente à casa de dona Marta? Aí não, né, chefe? Rato foi em direção à figura.

— Qual é, irmão? Tá me seguindo por quê?

O homem virou a esquina, fugiu mancando. Rato foi atrás; assim que dobrou a mesma rua que o sujeito, não viu mais nada. Rua vazia, sem barulho, sem sinal.

Rato voltou à frente da casa de sua ex-sogra. No canto, dormia o cachorro, que não achou motivo para receber o visitante. Era madrugada, sim, mas não ia ser agora que teria receio de incomodar alguém. Tentou abrir a porta direto. Porta trancada, então bateu três vezes.

— Ariel?

A luz da sala se acendeu logo antes de alguém abrir a porta.

Rato e Ariel se olharam. Tiveram instinto para um abraço, mas ninguém tomou a iniciativa. Olhares confusos, dor e cansaço. Desculpas silenciosas.

Ariel se afastou para deixar que ele entrasse.

— A Mari deu trabalho pra dormir hoje. Se você fizer silêncio, agradeço.

— Posso ver ela?

Ariel fez que sim.

Rato passou pela primeira porta no corredor curto, estava aberta, de dentro ouvia o ronco de dona Marta. Na ponta dos pés, seguiu, a segunda porta era o banheiro. A última, encostada, dava para um quarto pequeno.

Mari dormia na cama de solteiro, ao lado do colchão arrumado no chão.

Rato passou a mão pelos cabelos encaracolados em um cafuné noturno. A menina se ajeitou na cama, puxou o cobertor da Bluey.

Ariel veio atrás, pés descalços bem treinados para um caminhar silencioso.

— Nem parece que tava até agora chorando, com medo.

Rato pressionou os lábios. Nas costas, o peso do mundo. Até quando viveria sem paz? Até quando precisaria ver Mariângela passar os perigos de ser sua filha?

Quando saíram, Ariel fechou a porta com cuidado, virando a maçaneta antes de encostar no umbral para evitar até mesmo o tilintar metálico.

Atravessaram corredor e a sala, levaram a conversa até a frente da casa. Ariel estava com um moletom de zíper fechado, mãos enterradas nos bolsos, vencendo o frio do sereno.

Rato se encostou na parede.

— Pensei que hoje eu não voltava.

Nem uma resposta. A ex-esposa concordou com a cabeça. Olheiras pesavam, palavras pra quê?

O motoboy insistiu.

— Aconteceu uma coisa, cê não tá ligada.

Ela o olhou, apostando que suas pálpebras cansadas seriam o suficiente para que Rato seguisse a história. E foi.

— Eu fiz Ox desaparecer. Eu sabia que esses boys tavam incomodados comigo, até com medo, mas foi a primeira vez que eu vi a duquesa não conseguir fingir. Ela se cagou...

— E você tá sorrindo por quê? Guilherme, isso é sério. Se essas pessoas estão com medo, o que você acha que vai acontecer?

Rato abriu a boca, mas desistiu de dizer alguma coisa. Ariel respondeu à própria pergunta.

— Eles vão bater mais forte. A gente não tá seguro, ninguém tá. Você acendeu uma coisa nas pessoas. E isso é perigoso. Você deu esperança.

Um sorriso se desenhou nos lábios de Ariel por um segundo e ela continuou.

— A gente nunca teve isso aqui no morro. Eles colocaram um monte de coisa sobre você na televisão. Os classe média que apareceram na manifestação foram embora. Nas redes sociais tem um monte de gente te cancelando, apagando foto, o de sempre. Ainda assim, tem gente aqui no morro que continua do seu lado. O Thiago me mandou umas trinta mensagens hoje perguntando de você.

— Que Thiago? O moleque da Luzia? Ele não é uma criança?

— Guilherme, ele já tá com dezenove.

Rato abriu a boca.

— Cê tá me zoando.

— Já até mandei mensagem pra ele avisando que você tá aqui. Ele quer conversar, parece que tá ajudando a organizar um pessoal que quer continuar com você.

— Porra, de madrugada?

— Pra você ver como eles tão com vontade de te ajudar.

Rato se sentou no chão, encostado na parede da casa.

— Isso é um pouco assustador. Toda essa gente acreditando em mim, indo atrás das coisas que eu falo…

Ariel se sentou ao lado de Rato.

— Você acha *isso* assustador? Eu e a Mari fomos sequestradas duas vezes. Eles sabiam onde a gente tava e podia ter acontecido alguma coisa pior.

Ariel puxou o ombro de Rato para fazê-lo ver bem seus olhos.

— Guilherme, eu tô apavorada.

— Eu fico preocupado com a Mari. Com vocês duas. Fico pensando se não era melhor se vocês fossem embora.

— Você quer que eu vá embora?

— Pela Mari. Pra ela ficar longe dessa confusão, sei lá…

— Se você quer que a Mari fique longe da confusão, que vá você embora com ela.

— Ariel, se eu for, cê acha que eles vão achar mais fácil ir atrás de mim ou vir aqui sequestrar vocês de novo pra me obrigar a voltar?

— Então ficamos os dois. Eu não vou me esconder só pra você se sentir melhor. Você sabe que eu não sou o tipo de pessoa que fica jogando as coisas na cara, mas quem envolveu a gente nisso foi você. Agora vai ter que aguentar esse medo todo.

Sem resposta. Só se ouvia o barulho de risadas ao longe, vindas do bar do Manoel, duas ruas abaixo.

Rato esperou a brisa empurrar a torta de climão para continuar a conversa.

— Cê acha que tudo isso que tá acontecendo é culpa minha?

— Claro que não. Eu sei muito bem o que tá acontecendo. Só não admito que você queira mudar eu e a Mari só pra se sentir melhor. A luta é aqui. A gente fica.

Ouviram um barulho metálico de freio de bicicleta e Thiago parou em frente ao portão, montado na Caloi enferrujada que herdara do tio.

— E aí, Rato. Tem um pessoal lá no centro comunitário querendo conversar com você agora. Bora?

Rato olhou para Ariel. Pra que perguntar? Se ergueu, bateu a poeira da calça.

— Bora.

O centro comunitário era só uma salinha com cadeiras de plástico e um banheiro nos fundos usado como dispensa. As cadeiras estavam dispostas em semicírculo. Rato reconheceu as pessoas sentadas ali. Moradores, comerciantes, representantes de grupos religiosos locais, grupos de hip hop e até líderes de ONGs. Todos com os olhos amassados pela madrugada.

Rato se sentou ao lado de Thiago.

— Certo, o que cês querem saber?

Falaram sobre o noticiário. Tudo que William Bonner e sua turma disseram ao país foi colocado à prova.

— A maioria de nós já saiu fora — disse um dos presentes —, mas a gente queria ouvir o seu lado antes de decidir.

O que ia dizer? Só tinha a verdade. E a verdade de Rato era difícil, porque não vinha acompanhada de imagens, áudios e uma matéria do jornal produzida com habilidade.

— Cês não têm que acreditar em mim nem seguir ninguém, mas essa história tem duas versões. Uma delas favorece os nobres. E não é a minha.

Rato contou sua versão de tudo o que tinha acontecido desde a primeira explosão. Não escondeu ter aceitado fazer uma entrega clandestina, mas não citou o nome de Nicole.

As pessoas se olharam. Dois líderes religiosos deram boa-noite e foram embora. Outras três pessoas fizeram o mesmo.

O semicírculo agora estava desfalcado, frágil.

Thiago tomou a palavra.

— Bom, dá pra ver que a gente ficou, né? Qual é o plano, Rato?

Rato andou pela sala, se alongando por um instante. Braços esticados para cima, dedos entrelaçados. Respiração intensa. Andou ao redor do círculo, passando por trás das pessoas, e se apoiou nos ombros de Thiago.

— Mano, cê sabe que eu queria outra coisa, né? Queria ensinar a troca pra geral. Queria que a gente pudesse decidir o que fazer com o nosso Ox. Era só isso. O Carlinho apoiava essa ideia. Ele acreditava na educação e no jornalismo independente. Isso é só um outro jeito de dizer que ele acreditava na verdade como patrimônio do povo.

Rato soltou os ombros de Thiago, andou até a parede de trás e a tocou.

— Cês tão ligado que meu pai ajudou a construir esse lugar? Quem não é do morro e olha de fora acha que esse aqui é o barraco mais feio e sem sentido do mundo. Mas meu pai ajudou a construir isso aqui com outras pessoas. Sabe como é o morro, né? A gente vai fazendo as casas como dá. Um puxadinho aqui, um novo quarto pras crianças. Cada um ia trazendo uma sobrinha de tijolo de suas próprias casas. Areia e cimento, beleza. Depois que mistura, fica tudo certo. Eles fizeram com tudo o que tinham, cada um dando o que podia. E é só por isso que nós estamos hoje aqui trocando essa ideia.

Ele caminhou ao redor do círculo fragilizado, tocando nos ombros de cada um que tinha escolhido ficar.

— Meu pai trabalhava como mestre de obras pra uma construtora. Carteira assinada e tudo. Empresa grande, dessas que fez uma grana com a especulação imobiliária, cês tão ligado. Ele era bom, o chefe confiava nele, os pedreiros confiavam nele. Tinha palavra. Um dia, rolou uma fita. A empresa começou a atrasar o salário e não pagar os benefícios dos pedreiros. Tudo gente simples, sem estudo. Acharam que ia ser fácil enganar eles, mas os caras se juntaram em um processo foda, correram atrás de tudo. Um tinha um vizinho que conhecia um advogado, outro tinha um sobrinho que sabia escrever bem. Cada um trouxe o que tinha. E arrumaram um processo que fez a empresa se cagar toda. Foram até meu pai pedir pra ele testemunhar a favor deles, e é claro que ele topou, ia falar só a verdade. Que o trampo era abusivo mesmo, que a empresa não pagava direito. O advogado falou que tava ganho.

Rato completou a volta no círculo e se sentou de novo em sua cadeira, os joelhos afastados, o corpo inclinado pra frente e os cotovelos apoiados sobre as pernas.

— Aí teve o problema do meu vô, né. Morava no interior, ficou doente. Sem plano de saúde. Meu pai ia ter que ir pra lá cuidar dele e tentar conseguir um hospital legal, porque a fila de espera no SUS pro caso do meu vô tava muito grande. Meu pai era esperto, bolou um plano. Ele trampava há quase vinte anos na construtora. Foi pedir pro chefe mandar ele embora, pra ele pegar o acerto. Era o único jeito de conseguir cuidar do meu vô. Sabe qual foi a resposta da empresa? Eles tinham a política de não mandar ninguém embora pra não ter que pagar acerto. Então preferiam estressar os trabalhadores para que eles pedissem as contas. Mas aí fizeram uma proposta pro meu velho. Se ele depusesse a favor da empresa no julgamento, eles dariam o acerto pra ele.

Entre os presentes saíram resmungos de "É foda", "Já vi isso". Rato ajeitou a coluna e passou os olhos pelo rosto de cada um que escolheu permanecer ali naquela madrugada incerta.

— Meu pai tinha muito a perder dizendo a verdade no tribunal. Sabe o que ele fez? Disse a verdade mesmo assim. Continuou na empresa, trabalhando cada vez mais, sem receber hora extra. Meu vô morreu porque ficou sem cirurgia.

Pausou. Era ali que precisava respirar fundo. Olhos marejados.

— Foi aí que meu pai começou a beber. Chegava em casa louco. Batia na minha mãe e em mim. Acabou morrendo um tempo depois, bateu o carro quando voltava do bar. No velório, a empresa pagou uma coroa de flores. E só.

Ele engoliu o choro que ameaçou escapar. Respirou fundo. Só mais um pouco, já estava terminando. Respirou fundo de novo.

— Eu não vou aqui isentar o meu velho das coisas que ele fez. Isso seria injusto com a minha mãe e comigo, mas meu pai era um dos melhores funcionários daquela merda. E trataram ele como lixo. Ele não soube lidar com a morte do meu vô e nem com o excesso de trampo nos anos seguintes. Quando uma pessoa poderosa tem muito a perder com a verdade, ela é capaz de fazer as piores coisas do mundo até pra quem trata ela bem.

Rato se levantou.

— Que fique bem claro, Carlinho morreu por causa disso. Ele ia escrever um livro contando a verdade. E a nobreza tem muito a perder quando alguém fala a verdade. Por isso, hoje meu plano é outro. Não tem mais essa de luta pacífica. Não tem mais essa de ensinar a troca pro povo. Ontem, eu descobri que não posso só usar a troca, mas posso fazer Ox desaparecer. A partir de agora, não vou mais fazer manifestação. Não vou mais aparecer em entrevista. Também não tem negociação. Se o controle do Ox não sair da mão dos nobres, eu vou até o depósito e vou sumir com tudo que tiver lá.

A reação foi diversa. Alguns se exaltaram, outros riram. Só um ou dois ficaram em silêncio, assentindo. Por um momento, a conversa saiu de controle em um debate atropelado, até que Thiago tomou a palavra.

— Mano, se você acabar com todo o dinheiro, vai ser foda pra nós também.

— Já é foda pra nós todo dia, truta. A gente já tem que se desdobrar em mil pra poder sobreviver. Tá na hora de os nobres saberem o que é isso também.

— Mano, cê não tá raciocinando direito. A crise econômica vai pisar em cima dos mais fracos primeiro.

— Aqui no morro tem tudo, irmão. Tem gente que cria galinha, que tem horta, tem encanador, tem eletricista, tem pedreiro. Quando a gente se junta, consegue as coisas.

Rato gesticulou ao redor, mostrando a salinha onde estavam reunidos.

— E outra coisa, se a gente não tiver pronto pra viver em conjunto, um cuidando do outro, então nem se todo o Ox do mundo viesse pra nós as coisas iam melhorar. A gente só ia virar um bando de nobre pau no cu inimigo de todo mundo. É claro que isso é um último recurso, se nada mais der certo. Mas cês têm que saber que é isso que eu vou fazer.

17

Rato conseguiu dormir quase até o meio-dia, quando Ariel bateu em sua porta.

Rato bocejou, braços esticados em direção ao teto, depois coçou o canto da barriga, arrastou os pés até a porta e deixou Ariel entrar.

— Você disse pra eu te avisar assim que conseguisse resolver cada anotação de Carolina. Tentei te mandar mensagem, te ligar, mas você não respondia.

Rato concordou.

— Perdi o celular.

— Guilherme, isso é coisa grande. Não dava pra esperar. Acho que consegui organizar todas as anotações que ela fez sobre a manipulação do tempo.

— Espera, deixa eu fazer um café antes. Preciso acordar direito pra isso.

Watson tirava o excesso de sujeira em um aro antigo e cumprimentou Rato quando o viu. Rato respondeu, depois foi falar com Nicole. O dia já estava acabando e ele ainda tinha coisas pra resolver.

Ela dispensou até mesmo uma saudação. Não havia tempo para que o cotidiano respirasse.

— Eles não vão ceder.

— Do que cê tá falando?

Nicole acendeu um cigarro.

— O seu plano. Não adianta apertar a nobreza. Eles não vão te dar o que você quer. Espero que você esteja pronto para queimar o Ox, como falou.

— Como cê sabe disso?

— Meu anjo, você não é ingênuo, né? O pessoal do morro conversa. Pode até ser um pessoal muito unido, mas ali ninguém guarda segredo, viu. Pode até considerar que seus conhecidos da nobreza já estão sabendo também.

Nicole baforou a fumaça, impregnando o ar do escritório, que já podia fazer cosplay de cenário de filme noir.

Rato sorriu.

— Isso aqui é Chinatown.

Nicole piscou.

— Cê tá passando bem, meu anjo?

— Esquece. Olha, eu não tava blefando. Eu vou mesmo apagar todo o Ox que eu encontrar naquele depósito.

— Então é melhor começar já.

O motoboy ergueu a sobrancelha.

— Cê tá sabendo de alguma coisa, Nicole?

— Saber mesmo a gente não sabe, né. Tem umas coisas que são óbvias. Eles com certeza já devem ter um plano pra mudar o Ox de lugar.

— Cê acha? Eu vi aquele depósito, Nico. É muito grande, muito caro. Esse tipo de construção não é fácil de fazer assim rápido, não. Uma mudança dessa precisa de planejamento...

Nicole riu e tragou mais uma vez o cigarro.

— Você tem que pensar igual uma pessoa que é dona de um negócio grande. Meu negócio nem é lá essas coisas, eu nem controlo tanto dinheiro assim, e posso te garantir que, se fosse comigo, já ia ter contratado todos os caminhões necessários pra fazer a mudança. Então, seja lá o que você tiver pensando em fazer, faça logo.

Era a falta de sono ou aquilo fazia muito sentido?

— Olha só — explicou Rato —, vim até aqui porque tô sem celular e queria te dizer uma fita. Os nobre não tão mais me perguntando como eu consegui aquele trampo de entrega de Ox. Tô achando que eles descobriram de outro jeito. Cê tem que ficar ligada.

Nicole assentiu.

Rato se levantou e se despediu. Sabia para onde devia ir, mas ela lhe pediu para esperar, então tirou uns itens da gaveta e os colocou sobre a mesa. Do lado esquerdo, um punhado de pedras de Oxiomínio. Do lado direito, um celular na caixa ainda lacrada.

— Foi o que deu pra conseguir em cima da hora.

Rato foi até a mesa e colocou as pedras de Oxiomínio no bolso.

— O pessoal do morro fala tudo mesmo, tá louco.

Nicole piscou um olho e fez um biquinho simulando beijo. Era seu código pra "some da minha frente".

Investimento era o conceito de que, para ganhar alguma coisa, era preciso perder outra. Perder era uma palavra que pegava mal. Playboy não gostava, empreendedor passava mal. Por isso, usavam o termo investir, que era pra dar uma amenizada no fato de que qualquer coisa que se queira ganhar exige um gasto. No fim das contas, não era um ganho de verdade, era? Ou só contava quando o ganho era muito maior do que o gasto? Isso era o que chamavam de lucro.

Qualquer um investia. Fosse tempo, dinheiro ou mão de obra. Fosse ânimo, alegria, saúde. Os bons investimentos eram exclusivos para quem tinha muito dinheiro, porque dinheiro investido era dinheiro perdido. Ao menos até que o retorno se mostrasse positivo.

Rato investiu muito de seu tempo para configurar o novo celular. Ativou um chip com seu antigo número, reativou os aplicativos essenciais, e ali estava a mensagem de um número que não constava em sua lista de contatos.

Saia da cidade. Abandone a troca. Último aviso.

Nem fodendo.
Que os vermes da nobreza tremessem. Ele não ia a lugar algum.

Rato saiu de casa.

Celular acusou nova mensagem.

Bando de filho da puta, estavam vigiando de perto.

Queria nem saber, ligou a moto e desceu o morro.

Rato pegou a avenida, movimento chato de fim de tarde. Ia gastar um tempo ali e na marginal.

Deu para ver que tinha se fodido no trânsito ao perceber que o céu escurecia, mesmo que tivesse saído de casa quando o sol ainda perfurava as costas dos motoqueiros.

Quase uma hora depois, Rato venceu o refluxo da cidade, que todos os dias vomitava uma multidão de motoristas estressados. Dez minutos de rodovia e pegou uma saída discreta, sem placas ou asfalto. Acelerou sobre o chão de terra batida, levantando poeira aos baldes. Viu as cercas paralelas correrem para longe de sua vista conforme avançava.

Bem à frente surgia o ponto cinza do lado direito — a construção que Rato procurava. O problema eram os pontos brancos bem no meio da pista, muito mais próximos do que o depósito.

Dois carros estacionados bloqueando a passagem. Duas pessoas em pé logo à frente.

Não eram Elon e Suzane. Eram Elis e Mauro. Duquesa e duque. Punhos experientes na arte da troca e da evasão fiscal. Rato estacionou. Os últimos metros seriam a pé, porque voltar não era opção.

Tocou os bolsos. Tinha uma quantia razoável de Ox. Seus adversários tinham muito mais. A estratégia era esvaziar o estoque do inimigo antes do dele. Eles não iam deixar que Rato chegasse perto o suficiente pra isso. Não iam dar bobeira com ele ali, por isso Rato se preparou para usar trocas de defesa. Não podia se adiantar, isso consumiria seu estoque antes da hora. Aguardou o ataque surpresa. O ataque veio.

O chão se desfez sob seus pés. Um salto de reflexo fez Rato evitar a queda, mas o buraco aberto se movia em direção a ele. Rato correu, saltou para o lado. O buraco engolia o que estivesse em seu caminho.

Rato consumiu Ox e fechou o punho para controlar a terra. O buraco se fechou.

Disparou em direção aos nobres.

A duquesa agitou os braços e da palma de suas mãos saiu uma onda de bolas de fogo. Cinco ao todo. Todas rasgaram o vento para acertar Rato. Desviou-se da primeira e espantou a segunda com um tapa carregado de troca, que a fez se chocar contra a cerca de arame farpado. A vegetação rasteira e seca fez o fogaréu crescer rápido. Rato rebateu mais duas, redirecionadas para longe do confronto.

A quinta o acertou.

Caiu, costas arrastando no chão. Peito em chamas. Quente, o inferno.

Concentra, porra.

Ox queimado. Fez o fogo diminuir.

A pele ardia, mas não dava tempo para investigar o estrago da queimadura.

O fogo já consumia uma grande parte da vegetação rasteira.

O duque acendeu as mãos, disparando estilhaços vermelhos que Rato conhecia bem. Rolou para longe e protegeu o rosto.

O estrondo ecoou pelo campo aberto em todas as direções.

Rato sentiu detritos alvejarem suas costas, pedras em alta temperatura, facas incandescentes que ameaçavam abrir rasgos em sua pele. Conjurou um tufão. O pulso de vento levantou uma cortina de poeira e se ergueu.

Se valeu da confusão visual da poeira para avançar na direção de seus inimigos, até que o chão onde pisava subiu. Rato se agachou. O mundo ao redor descia. Lá embaixo, viu o duque erguer a mão que segurava a bengala e mandar para o alto a porção de terra em que Rato estava.

Rato queimou dez pedras de Oxiomínio e fez a terra parar de subir, brigando com a força de troca de seu oponente.

A duquesa lançou mais uma rajada de bolas de fogo.

Rato queimou mais dez pedras e preparou suas mãos para rebater os projéteis. Queimou mais duas porque sentiu o chão subir, e precisava disputar contra a força de um duque especializado em manipular terra.

Quando o duque percebeu que sua força não era mais suficiente para empurrar o motoboy ao céu, afastou as mãos e fez o solo onde Rato pisava se partir em um milhão de pedacinhos arremessados em todas as direções, para que não lhe restasse apoio.

Rato se viu em queda livre. O chão se aproximava. Uma bola de fogo acertou sua lateral. A dor da queimadura o distraiu por um segundo, mas ele recobrou a concentração. Queimou Ox e um pequeno tornado se formou abaixo dele. Aos poucos, sua velocidade de queda diminuiu. Rato chegou ao solo com o mesmo impacto de um tropeção. A ventania cobriu os arredores com uma nuvem densa de poeira e perigo.

Correu até onde suas pernas aguentaram, o ruim era manter a respiração correta enquanto se esforçava fisicamente. Assim que a poeira baixou, viu os nobres a poucos metros de distância. Eles faziam suas trocas em várias direções, na esperança de acertar Rato em meio ao caos.

Rato tocou o bolso. Só restava uma pedrinha de Oxiomínio.

Caminhou os últimos metros e sentiu que já estava no alcance dos estoques de seus oponentes. Concentrou-se e viu as pedras dos inimigos desaparecerem uma a uma. O olhar nos olhos do duque era de terror, pois via pela primeira vez a ameaça na qual Rato havia se transformado. Os olhos da duquesa estavam resignados, sem esconder sua apreensão.

Rato consumiu até a última pedra do estoque de seus inimigos.

— Cês deviam estar com medo pra ter mandado dois duques.

Na estrada vinham dois carros em alta velocidade. Os seguranças, prontos para resolver no tiro qualquer desavença.

Rato só tinha cinco pedras de Ox, insuficiente para levitar um disco de terra e leva-lo até o depósito. Precisava escolher entre acabar com os dois nobres à sua frente ou criar uma distração para fugir dos seguranças. Eles sabiam que seu estoque era limitado; quando não sobrasse Ox, estaria vulnerável a seus tiros.

Rato escolheu a segunda opção. Tocou o solo com as duas mãos e uma parede de terra se ergueu no asfalto, bloqueando a passagem dos carros. Gastou até o último fragmento de Oxiomínio para fazer a parede mais grossa possível. Olhou para a duquesa.

— Nós vamos terminar isso depois.

Correu na direção oposta, até sua moto.

Foi embora. Ferido, cheio de queimaduras. Sem um só fragmento de Oxiomínio.

Pelo retrovisor, viu o ponto cinza que marcava o lugar do depósito se afastar até desaparecer. Merda.

18

Três horas em direção ao interior.

O carro serpenteava pelas curvas sinuosas que subiam a serra.

Elon estalava os dedos entre bocejos.

— Não entendo por que precisa ser de madrugada.

A duquesa manteve os olhos fixos na paisagem através do vidro traseiro do veículo.

— Se a reunião é convocada, todos precisam comparecer. Não importa o horário.

— Isso nunca aconteceu antes. Que história é essa de inventar reunião agora…

— Já aconteceu antes. Algumas vezes. Você era pequeno demais para ser envolvido nessas coisas.

— Achei que a nobreza estava mais… fragmentada.

— Está. Se a reunião foi convocada, é porque todos estão dando a devida importância ao problema. Você devia fazer o mesmo.

O rapaz massageou a testa.

— Queria saber quem foi o idiota que achou uma boa ideia marcar essa reunião agora, de última hora.

A duquesa olhou o rapaz.

— Fui eu quem convocou a reunião.

Elon gaguejou. Tentou se justificar, mas ela impediu.

— O primeiro passo para que você faça a coisa certa é calar a boca. Quando chegarmos, você não irá falar com ninguém, vai se comportar exatamente como eu disser. E, durante a reunião, se você disser uma só palavra, eu juro por Deus, você vai conhecer o que é dor de verdade.

O rapaz sentiu um frio repentino, sem qualquer relação com o clima.

A duquesa do Iguaçu voltou a se apoiar em sua janela. A farta vegetação da serra era o cenário.

O carro levou mais alguns minutos pela estrada até diminuir a velocidade e embicar em uma entrada. A estrada continuava, com o movimento vagaroso da madrugada, que estava ainda mais lento por conta da espessa neblina que desafiava os motoristas mais experientes.

A entrada era discreta, quase escondida pela vegetação. Um portão de ferro bloqueava a vista do outro lado. Acima, uma câmera.

A duquesa desceu do carro por um momento e olhou para a lente. O portão se abriu.

Ali já se ouvia o barulho abafado de uma queda-d'água. Uma estrada de paralelepípedos levava por dentro da mata em uma subida íngreme, e aos poucos se transformou em uma curva acentuada à esquerda, até chegar a uma mansão. O carro parou em frente à entrada do casarão construído a partir de pedras nobres.

O motorista esperou que a duquesa e Elon descessem para depois contornar o casarão até o estacionamento.

A construção intimidava até mesmo os olhos mal-acostumados de Elon, que havia crescido em meio ao luxo. Apesar de estarem quase no cume da serra, de nenhum dos lados era possível avistar a estrada. A casa havia sido construída para não ser vista.

Elis e Elon foram recebidos pelos funcionários, que os fizeram esperar na sala de estar. O cômodo possuía uma varanda de fora a fora, uma sacada que fez as pernas de Elon estremecerem quando ele se deu conta de que pendia sobre a serra. Logo à frente, do outro lado do vale, uma queda-d'água se desenhava serra abaixo. Não era possível ver onde ela desaguava. Apenas na sacada se ouvia a fúria da água, já que as paredes da mansão haviam sido construídas para isolar o som.

A duquesa acenou para os demais nobres que viu. Marqueses, condes e outros duques.

Minutos mais tarde, todos foram chamados à sala de reunião, que ficava no andar de cima. Sala grande, com uma mesa retangular de mogno. Cada um dos chefes das casas tomou uma das cadeiras, seguindo a hierarquia da nobreza.

A cabeceira tinha uma cadeira vazia, com o encosto de prata, diferente das demais, que eram feitas de madeira. Perto da cabeceira ficavam os duques. A duquesa do Iguaçu se sentou onde havia uma plaquinha com seu nome e título. Marqueses, condes, viscondes e barões seguiram a hierarquia e tomaram seus lugares. Em pé, atrás de cada cadeira, ficavam os herdeiros de cada casa.

Atrás da cadeira de prata, uma porta dupla se abriu. Todos ficaram de pé. Um homem gordo, pele branca e enrugada. Cabelo, barba, terno e chapéu brancos, se sentou na cadeira de prata, e, com um aceno de mão, autorizou que os demais nobres se sentassem.

O homem pigarreou.

— Que comece a reunião. O assunto de hoje é da máxima urgência. Parece que temos um caso de...

O duque do Paço Verde se ergueu.

— Com licença, arquiduque. As tradições dizem que a pessoa a convocar a reunião de emergência deve conduzir a conversa.

O arquiduque sorriu, depois desfez o sorriso com um tapa na mesa, que ecoou por todo o recinto.

— Tradições? Vocês passam mais de dez anos ignorando qualquer tradição instituída por nossos fundadores, travam uma guerra fria sem sentido algum, fazem alianças pelas minhas costas e geram a maior crise da história da troca desde o surgimento daquela negra. Não me venha com tradições!

O arquiduque se levantou do trono de prata, caminhou até o carrinho com as bebidas e se serviu de uma dose de uísque.

— As tradições ditam que os convidados devem trazer um tributo ao anfitrião. Se não estou enganado, nenhum dos duques trouxe nada. — Ele passou os olhos pelas primeiras cadeiras da mesa. Nenhum dos duques se manifestou. — Os demais tiveram respeito o suficiente para me oferecer algo.

O arquiduque levou a garrafa de uísque consigo e serviu uma dose a cada um dos convidados com lugar à mesa, exceto aos duques.

— A nossa tradição de nos saudar antes de cada reunião foi ignorada também, por isso ergo meu copo a meus companheiros e visitantes, que, mesmo depois de tantos anos e de tanta animosidade, não se esqueceram do que mais importa em nossa corte.

Os nobres servidos ergueram seus copos e tomaram um gole da bebida servida pelo arquiduque.

O anfitrião retornou a seu assento.

— Como eu dizia, já que estamos hoje sem qualquer respeito pelas tradições, eu mesmo irei conduzir a conversa, mas aviso que tudo isso — ele gesticulou em direção à mesa, boca retorcida em nojo — foi um convite da duquesa do Iguaçu.

O homem olhou para a duquesa, que permanecia inerte, sem demonstrar qualquer sentimento. Atrás dela, Elon tinha mandíbula pressionada e os punhos fechados.

O arquiduque tomou um gole da bebida.

— Levante-se para que todos vejam a grande responsável por este encontro regado a incompetência e desrespeito.

Elis permaneceu imóvel. O arquiduque insistiu.

— Levante-se! — O grito reverberou nas paredes.

Elis arrastou sua cadeira, se pôs de pé. O anfitrião prosseguiu.

— Você trouxe a nosso conhecimento a existência de um plebeu com capacidade de usar troca. Se esta reunião foi organizada, presumo que já foi descartada a possibilidade de ele ser um bastardo que escapou à nossa queima de arquivos.

Elis assentiu.

O arquiduque voltou à sua cadeira de prata.

— Muito bem. Então temos uma pessoa que desenvolveu a habilidade da troca. Por que ele não está morto ainda?

— Houve algumas complicações...

— É mentira — interrompeu o duque do Paço Verde.

A nobreza ficou chocada, cochichos e protestos surgiram. Cada vez mais se esvaía a paciência do arquiduque, que encarou o duque do Paço Verde.

— Espero que sua falta de respeito seja justificada.

— A duquesa tentou fazer uma aliança com o plebeu. Ia utilizá-lo como recurso a seu favor para ganhar influência entre os nobres.

O burburinho evoluiu. Declarações de traição foram repetidas, até que o arquiduque restabelecesse o silêncio.

— Esta não é uma reunião de julgamento. Não haverá julgamentos até que esta corte seja restabelecida nos moldes tradicionais. Qualquer acusação deverá ser guardada.

Ele andou em direção à duquesa, as mãos às costas.

— Entretanto, há alguns atos que nunca puderam ser perdoados em nosso meio.

O arquiduque baixou a cabeça para falar bem perto do ouvido da duquesa.

— Há quanto tempo o duque sabe?

— Desde o começo.

O duque do Paço Verde se ergueu de seu assento, o suor lhe escorrendo pela têmpora.

— Isso é um absurdo! Ela comete a traição e eu sou o acusado?

— Você conhece nossos costumes, Mauro — informou o arquiduque. — Se sabia, a sua obrigação era ter vindo a mim. Meu cargo aqui é da confiança de todos. Eu garanto a harmonia desta corte, mesmo que ela tenha se esquecido dos bons modos com o passar dos anos.

O arquiduque apontou um dedo para o duque do Paço Verde e queimou Oxiomínio. Uma porção da prata em sua cadeira derreteu aos poucos, exibindo uma camada de madeira. A pele do duque ficou mais áspera. Ele protestou, se coçando, gritando já sem expectativa de ser ouvido. Aos poucos, a pele enrijeceu, ficou cinza. Em seguida, seus ossos perderam o movimento, mas ele ainda conseguia gritar. Por último, foram seus órgãos e todo o resto até se transformar em uma estátua de pedra com uma expressão de dor. Ao seu redor, uma fumaça de poeira subia.

Atrás dele, Suzane, de olhos marejados, soltava gritos de desespero e, por fim, ergueu a mão, com uma bola explosiva já conjurada.

O arquiduque deu a volta na mesa e chegou na cadeira que continha o duque petrificado.

— Minha cara, você tem duas opções. Pode comprar uma briga que não terá condições de vencer, porque, sejamos francos, sua técnica é muito grosseira e mesmo o último dos viscondes poderia lhe derrubar sem esforço... Ou, se for uma pessoa esperta, pode ficar com o assento que é seu por direito.

O arquiduque empurrou a estátua de pedra da cadeira e ela se estraçalhou ao cair no chão. Suzane apagou sua conjuração e engoliu o choro, mas não conseguiu esconder o descontentamento. Sentou-se na cadeira.

— A partir deste momento, você responde como duquesa do Paço Verde.

A sala irrompeu em aplausos. O arquiduque ergueu a mão e o silêncio retornou.

— A duquesa do Iguaçu já havia me informado de todos os seus erros. Portanto, permitirei que ela tenha direito a um julgamento tradicional quando esta crise for resolvida. Para ter a oportunidade de melhorar sua imagem diante dos nobres desta corte, ela ficará responsável por liderar os esforços da medida que iremos tomar para proteger nossos interesses. O plebeu é mais do que um inconveniente. Ele consegue fazer Ox desaparecer. Qualquer Ox. Antes de matá-lo, daremos início ao projeto de mudança de nosso depósito. Vocês sabem o quanto prezo pelas tradições, e aquele depósito é nosso orgulho, mas sua localização foi comprometida. A partir de agora, estamos em estado de emergência. Qualquer um que se recusar a colaborar com nossa mudança será visto como um inimigo. Qualquer disputa menor entre as casas está suspensa imediatamente e será retomada apenas quando eu decretar que a crise foi superada. Alguma pergunta?

Uma voz tomou o salão.

— Temos duas preocupações principais, arquiduque.

Uma mulher branca se inclinou, acusando a si mesma pela fala. Cabelos loiros e encaracolado em um penteado lateral aparado por um chapéu. A condessa de Laranjeiras.

O arquiduque a olhou, sobrancelhas grossas e desafiadoras. Com um aceno permitiu que ela falasse.

— Precisamos descobrir quem comprometeu a localização do depósito e quem conseguiu burlar a segurança para contrabandear Oxiomínio.

Um burburinho entre os demais nobres, todos concordavam.

O arquiduque caminhou em direção à porta.

— São duas questões justas e urgentes. Amanhã anunciarei a minha decisão.

* * *

Na madrugada, alguém bateu à porta. A duquesa já estava acordada, aguardava por aquele momento. Um dos funcionários a avisou que o arquiduque a aguardava em seus aposentos.

Elis caminhou pelos corredores com suas sapatilhas para reduzir o ruído. A iluminação era mínima. Casa escura, poucos barulhos. As únicas pessoas que viu foram funcionários cuidando da limpeza e organizações da casa.

O quarto do arquiduque era do tamanho da sala de reuniões. Uma cama enorme adornada com tecidos de seda, um tapete felpudo, que deveria ter sido feito com pelos do cu de um camelo albino, poltronas de veludo esmeralda e uma escrivaninha rococó. O arquiduque estava de roupão vermelho, sentado em uma das poltronas, o rosto parcialmente iluminado por um abajur roxo.

— Não acha que foi muito arriscado petrificar o Mauro? — perguntou a duquesa.

— Ele era problemático. Você não deveria tê-lo trazido pro seu plano.

Elis se sentou na poltrona vazia em frente ao arquiduque. Descalçou as sapatilhas e descansou os pés sobre os joelhos do homem, que começou a massageá-los.

— Ele era paranoico. — Elis recostou-se na poltrona massageando a própria nuca. — Resolveu investigar uma possível falha de segurança. Precisei incluí-lo para controlar o que ele sabia.

— Mas agora temos outro problema. Vamos ter que eliminar a contrabandista.

— Eu não queria perdê-la. É um contato perfeito para retirarmos Ox do depósito. Ela não sabe que trabalha pra mim, não poderia me acusar. — Elis suspirou. — Existe alguma forma de colocar isso nas costas de Mauro?

— Você não acha que isso irritaria aquela sobrinha dele?

— Elon está solteiro. Eu assumiria o controle das duas casas. Com o tio morto e sua inexperiência, se ela não me obedecer acabará perdendo tudo. Me dê um tempo e eu a convenço a testemunhar contra Mauro e acusá-lo de ter comprometido a localização do depósito.

O arquiduque sorriu, satisfeito por Elis ter pensado em tudo.

Rato parou a moto meio em cima da calçada, não tinha dado nem tempo de amarrar os cadarços.

Manhã cretina.

Abriu a porta e encontrou Mari chorando no colo de dona Marta. A menina quase se jogou no colo do pai assim que o viu.

Fez um cafuné em Mariângela e disse que tudo ia ficar bem, mesmo sem ter certeza de nada. Mari escondeu o rosto no ombro dele.

Dona Marta tinha os olhos marejados.

— Acabaram de levar.

— Pra onde?

Com a informação, Rato beijou a filha e a devolveu à avó, então fez à mulher uma transferência com quase todo o Ox que ainda tinha.

— Isso aqui á pra cês saírem da cidade, se for preciso.

A ex-sogra fez que sim.

Rato acelerou em direção à delegacia.

Claro que teve que esperar. Depoimento, e tudo o mais.

Queria ver Ariel. O delegado não autorizou. Covarde de merda.

Esperou o mormaço cozinhar as ideias, a sala em que o fizeram esperar não tinha ar-condicionado. Quando o delegado decidiu que tinha se passado o tempo necessário, mandou chamar Rato.

— A gente vai colher o seu depoimento agora.

Filho da puta.

— Não vou dar depoimento nenhum.

O delegado o observou, olhos semicerrados.

— Isso não vai pegar bem pro seu lado...

— Primeiro que cê não falou qual é acusação, e ninguém quis me explicar o que tava acontecendo. Depois que nem advogado tem aqui. Cê vai me deixar ver a Ariel agora ou então eu ligo pra todo mundo que eu conheço e encho esse lugar de jornalista.

Foi necessário mais insistência e uma longa discussão regada a ameaças veladas.

Hora do almoço, sol rasgado. Deixaram que ele entrasse e visse Ariel.

— Cê tá bem?

Ela fez que sim, o olhar desconfiado mirando a porta até que ela se fechasse e não restasse nenhum policial no recinto.

— Por que eu tô aqui?

— Eu briguei com dois duques. Acho que eles estão tentando me intimidar prendendo você.

A mulher balançou a cabeça.

— E como tá a Mari?

— Ela tá chorando sem parar. Ficou assustada, né? Mas não tá machucada. E eu já deixei um dinheiro com a sua mãe pra levar ela daqui.

A mão esquerda de Ariel estava algemada ao banco de metal.

— Guilherme, olha bem pra mim. Presta atenção no que eu vou dizer.

Rato atendeu ao pedido. Ariel foi enfática.

— Você não vai se deixar intimidar com isso. Eu fiquei duas horas dando um depoimento sem sentido, respondendo perguntas estúpidas. Não importa. Se a Mari tá bem, eu aguento. Não recua agora.

Rato se ajeitou na cadeira, incrédulo.

— Achei que cê ia me xingar e mandar eu parar com tudo...

— Parar? Eu quero que você vá até o fim! A gente tá claramente incomodando eles.

— Os caras vão mudar o depósito de lugar. Meu plano já era.

— Esquece o plano. Quando eles me prenderam, reviraram a casa. Minha mãe achou que eles tavam procurando droga ou arma. Eu acho que eles tavam procurando o diário.

Rato olhou para trás, para ter certeza de que estavam sozinhos.

— Acharam?

— Não. Minha mãe vive jogando um monte de coisa minha fora, eu achei que não era seguro guardar lá. Eu ia levar pra você, mas depois que invadiram sua casa também achei que não era boa ideia. Então eu escondi no lugar que nenhum deles ia desconfiar e muito menos ter coragem de procurar.

Rato então arregalou os olhos.

— Não...

A porta se abriu e o delegado avisou que o tempo dos dois tinha se esgotado.

Ariel sussurrou a última informação.

— Está dentro dos livros que eles nunca abrem.

— Pelo menos lá vai ficar seguro.

Thiago já tinha conseguido uma advogada que foi criada no Morro do Livramento, havia acabado de chegar na delegacia e passou a acompanhar Ariel. Rato se despediu.

Ao chegar em casa, resolveu encher os bolsos com todo o estoque de Oxiomínio à disposição. Se estavam mandando até a polícia para prender sua ex-esposa, era porque o cerco tava mais fechado do que nunca.

Olhou na mesa, na caixa de madeira, embaixo do sofá, nos armários, sobre a mesinha de centro na sala. Não havia uma só pedra de Ox em casa.

Merda.

Sentiu-se naquele filme do Will Smith fodido, dormindo no banheiro do metrô com o filho no colo.

Olhou as horas. Mais de duas da tarde.

Mandou uma mensagem de áudio para Nicole.

— Consegue me ajudar hoje? Fiquei sem estoque e as coisas tão apertando.

A resposta veio em poucos minutos.

— Vem pra cá agora.

Rato ajeitou o boné e se olhou no espelho pra ter certeza de que estava tudo em ordem. Tirando a cara de quem não dormia direito há dias, tudo certo.

Ligou a moto e desceu o morro, prestando bem atenção em qualquer pessoa que via na rua. Pedestres, motoristas. Nos arredores, no retrovisor. Não podia sofrer nenhum ataque surpresa. Só respirou de novo quando chegou à bicicletaria.

Rato ergueu a porta de metal. Sala vazia, chão sujo de graxa, buracos nas paredes. Bicicletaria? Era como se nunca tivesse existido. Até o alçapão estava à mostra, sem tapete.

Desceu rápido.

Nicole procurava alguma coisa na gaveta de baixo, encurvada sobre o arquivo de metal onde organizava parte de seus negócios.

Rato achou a porta aberta e anunciou sua chegada com uma provocação.

— Cê tá ligada que existe Google Docs, né?

— Prefiro o método analógico.

Ela tirou pastas de dentro da gaveta, depois pegou papéis de dentro delas e os guardou em pastas diferentes, com adesivos coloridos colados na parte externa.

Nicole se sentou de frente para Rato.

— Eu tava lembrando aqui de uma amiga. Lúcia. A gente se conheceu na época que eu era atendente de uma loja de sapatos. Era horrível, o chefe era um escroto que fazia piadinhas comigo na frente dos outros, mas quando ninguém olhava ficava tentando me comer. Lúcia não teve a mesma sorte, acabou indo fazer programa. Vida de travesti não é fácil, meu anjo. Eu ficava o dia todo num trabalho que acabava com minha saúde mental. Ela ficava a madrugada inteira no ponto, com playboyzinho passando de carro e jogando resto de bebida nela.

Na mesa, Nicole ajeitou outros papéis em duas pilhas que iam aumentando conforme ela examinava cada documento e decidia em qual das duas era seu lugar.

— Depois de um mês daquela vida, decidi que tinha que parar. A Lúcia gostou da ideia, decidiu parar também. A gente dividia um apezinho simples, vivia acabando a água. Começamos a guardar o dinheiro, fazer planos, essas coisas.

Nicole colocou cada pilha de papel em pastas diferentes e as guardou em uma mochila.

— Tava indo bem, até o dia em que ela voltou pra casa de manhã, depois de um trabalho, com o olho inchado.

Rato abaixou a cabeça.

— Cliente violento?

Nicole fez que sim.

— Não era qualquer cliente. Era um nobre. Gostava de pegar as meninas, mas um dia alguém tirou uma foto dele entrando no motel com a Lúcia. A gente acha que foi outro nobre, porque eles já se odiavam nessa época. Quando ele viu a foto no jornal, deu uma surra nela, como se fosse culpa da Lúcia. Ela ficou mal. Chorou muito. Gastou quase o dinheiro todo com cocaína. Fui achar ela jogada embaixo de um viaduto, sem roupa. Sorte que alguém me avisou, podia ter sido bem pior se a polícia tivesse visto. Eu levei ela de volta pra casa, coloquei embaixo do chuveiro. Foi aí que ela confessou que tinha gastado o meu dinheiro também. A gente guardava junto em uma conta no Oxbank. Ela achou que eu ia brigar com ela. Não tive coragem.

Os olhos de Nicole estavam tristes, voltados para a mesa, mas não focavam nada em particular.

— Eu tentei ajudar ela. Disse que a gente começava tudo de novo. Mas ela foi ficando cada vez pior, porque as surras foram ficando frequentes. O mesmo nobre voltava só pra humilhar Lúcia. Às vezes, ela gastava tudo o que ganhava antes de voltar pra casa. Pra ela, ficar doida era a única forma de alívio. Sofreu muito, tadinha. Acabou virando uma profissional que ninguém respeitava. Os caras vinham buscar, pagavam menos que o combinado. Se ela reclamava, apanhava. Eu falei pra ela parar de trabalhar. Falei que cuidava da casa sozinha, que ela podia descansar um pouco, sei lá. Eu só queria que ela parasse de sofrer. Às vezes, eu ficava vários dias fora de casa, trabalhando direto, e quando abria o aplicativo do banco, Lúcia já tinha gastado a maior parte. Foi aí que eu percebi que eu nunca ia conseguir sair daquela vida se ficasse tentando cuidar dela.

Nicole se serviu de um copo de água do bebedouro no canto do escritório e ofereceu outro a Rato, mas o motoboy rejeitou.

— Esperei ela ficar sóbria, esperei até a ressaca passar. Aí chamei pra conversar. Falei que a gente tinha pouco dinheiro sobrando e que eu ia dividir em duas partes iguais e seguir meu caminho. Ela começou a chorar, mas eu ignorei. Não dava mais pra ficar me comovendo com o sofrimento dela e ver ela se arrastando pro buraco. Não sei se fiz a coisa certa, mas eu não sabia como ajudar a Lúcia. Tudo que eu tentava não dava resultado. Eu precisava de outra vida, e ficar ali com ela tava me fazendo sofrer. Por isso eu transferi metade pra uma conta nova, só minha. Falei que ia embora e que ela ia ter que cuidar de tudo sozinha. Falei que aquele era o último dinheiro que ela ia ter, que depois daquilo eu não poderia ajudar em mais nada. Falei que eu preferia que ela pegasse a grana e se mudasse pra outra cidade. Ela adorava fazer as unhas, de repente conseguia abrir um salão em algum lugar. Começar pequeno, poucos clientes. Falei que não importava a decisão dela, aquele era o último dinheiro que eu ia poder dar a ela, então era melhor ela ser esperta.

Nicole deixou o copo na mesa e se sentou de novo.

— Depois, fiquei sabendo que ela morreu. Gastou o dinheiro em uma única noite de loucura. Morreu de overdose um dia depois de eu ter ido embora. Eu sei que não devo me culpar por isso, mas não consigo me sentir em paz toda vez que eu lembro essa história. Sei também que não tinha mais nada que eu pudesse fazer.

Nicole tirou uma caixa de papelão de baixo de sua mesa e colocou cada uma das pastas do arquivo dentro dela, até não restar nenhuma.

— Um conhecido vai trazer uma caminhonete e me ajudar a levar as coisas.

— Você tá indo embora?

— Você já sabe que o depósito mudou de lugar, né? Meu contato me avisou pra eu sair daqui. Não explicou nada, só pediu pra eu me mandar. O Watson foi hoje de manhã. Eu vou daqui a pouco. Por razões óbvias, não vou mais poder conseguir Ox pra você. Parece que vão ser vários depósitos administrados pelos nobres menores e fiscalizados pelos duques. Por isso...

Nicole colocou uma caixa de pizza sobre a mesa.

— ...esse é o último Ox que eu vou poder te arrumar.

Rato abriu a caixa.

— Nico, aqui tem mais do que eu paguei...

— Eu sei, meu anjo. Considere minha ajuda à sua luta. Gaste com sabedoria.

Nicole se levantou levando consigo a caixa de papelão com os arquivos. Rato a seguiu e a ajudou a subir a caixa pela escada de metal.

Na frente do imóvel, havia uma caminhonete estacionada. Nicole se virou para Rato.

— O que eu queria de verdade era que você pegasse esse dinheiro e sumisse daqui com a sua filha. Usasse uma parte pra ajudar a tirar a Ariel da cadeia e levasse ela junto. Mas eu sei que você vai preferir queimar tudo, né?

Ela sorriu, beijou o rosto de Rato e entrou na caminhonete.

Rato ligou para sua ex-sogra.

— Faz uma mala bem rápido e se manda daqui com a Mari.

19

tende, Thiago. Atende, caralho!
— Aconteceu alguma coisa, mano? Por que não mandou mensagem?

Rato estava no fone enquanto acelerava a moto.

— Thiago, me escuta! Junta o pessoal agora. Tenta tirar do morro o máximo de pessoas que você conseguir.

— Como assim, mano?

— Tá rolando um movimento estranho. Vai acontecer alguma coisa...

— Mano, eu não posso falar pras pessoas saírem de casa e irem embora assim do nada.

— Confia em mim.

Thiago não respondeu. O motor da moto cantava no asfalto da avenida engarrafada.

— Thiago? Tá aí? Responde.

— Tô aqui, Rato. Porra.

Ele parou em um sinal vermelho atrás de uma fila de motos espremidas pelo fim da tarde e escutou uma respiração pesada.

— Vou ver o que dá pra fazer, mas já te falo que a maioria não vai querer sair do morro assim, do nada.

— Valeu, mano. Não custa tentar.

Sinal abriu, Rato acelerou. O morro já se desenhava logo à frente. Casas coloridas, construídas onde dava. Subiu depressa porque não sabia o que estava pra acontecer, mas tinha a sensação de que aquela seria a última vez que veria o morro daquele jeito.

Em frente à associação de moradores, avistou Thiago e outros conhecidos. Rolava bate-boca pra todo lado, pessoas apressadas tentando descer o morro, gente irritada querendo ficar.

Filme de fim do mundo, essa porra.

Thiago acenou para Rato.

— É o que eu te falei, a maioria não quer descer.

— Avisa quem conseguir. Tira quem puder.

Rato parou a moto, desceu e se juntou ao pessoal, indo de casa em casa e avisando aos moradores que era melhor passar a noite fora do morro. Se perguntavam por quê — e sempre perguntavam —, ele se limitava a dizer o que sabia. Por não ser muito, o que sabia não convenceu muita gente.

O céu já estava escuro quando Rato viu uma pessoa parada em um cruzamento, a pele branca e cabelinho trabalhado no gel, roupinha de boy.

Esse maluco não é daqui.

Rato apertou os olhos e se aproximou um pouco para ver melhor. Foi quando detectou um cinto cheio de pedrinhas esverdeadas.

Fodeu.

O homem ergueu o braço e abriu a mão, e uma pedra se formou no céu. Ele fechou a mão em um punho rígido e a pedra caiu, um meteoro do tamanho de uma bola de boliche.

Rato queimou Ox e, com as duas mãos, conjurou uma ventania em direção ao projétil na esperança de diminuir a velocidade de impacto. Aos poucos se deu conta que seus esforços eram em vão. O nobre usava a troca da chuva de pedra. Não havia nada que pudesse fazer para impedir o impacto.

A pedra caiu no meio do asfalto. Um carro desviou e bateu no poste. Gritaria e confusão, faíscas na fiação de cobre.

O homem branco aplaudiu, caminhando em direção ao entregador.

— Me falaram que você era bom.

Ele tocou o ombro de Rato.

Vai encostar no ombro da sua vó, filho da puta.

Rato deu um tapa na mão do sujeito.

— Quero ver se é bom mesmo — provocou o homem.

Um estouro. Gritaria e desespero.

O filme de fim de mundo tava só começando.

Rato procurou a origem do barulho. Duas quadras acima. Correu naquela direção para ver o estrago, mas não chegou ao destino. Outro estouro.

Ele olhou para cima a tempo de ver várias esferas de pedra dominando o céu noturno. Nobres espalhados pelo morro. Chuva de meteoros, inferno na terra.

Rato segurou o nobre pelo colarinho.

— Por que cês tão fazendo isso?

O homem segurou Rato pelos pulsos e forçou as mãos do motoboy para baixo até que ele o soltasse.

— Isso aqui é um aviso. A gente vai fazer chover nessa favela até te encontrar.

No rosto do homem abriu-se um sorriso ácido.

— Eu tô aqui — protestou Rato. — Cê já me encontrou!

O homem olhou a tela de seu Apple Watch, depois encarou o entregador.

— Encontrei? Acho que me confundi. Sei lá. Tem tanta gente parecida por aqui...

Rato socou o infeliz. Tinha os bolsos cheios de Oxiomínio, mas preferiu resolver aquela na mão. Pau no cu do inferno.

Só parou de bater na cara do playboy pra correr atrás de outro, pra se entregar.

Uma mão o segurou pelo braço e Rato se virou, pronto pra acertar um de direita, mas viu Thiago protegendo o rosto.

— Calma, mano. Sou eu.

— Tenho que me entregar.

— Não. Cê tem que fugir.

Rato puxou o braço com força e se soltou do amigo.

— Fugir? Cê ficou doido? Eles vão acabar com o morro se eu não me entregar.

— Eles vão acabar com o morro de qualquer jeito, Rato. Cê acha mesmo que depois de se entregar eles vão recuar? Olha a cara desses filhos da puta. Eles tão se divertindo com isso. Você tem que sair daqui. Você vale mais pra nós se continuar vivo.

— Mano, não me pede pra ver cês morrer e não fazer nada. Não me pede isso!

Thiago se aproximou de Rato e olhou fundo em seus olhos.

— Faz isso, mano. Sai daqui. Vai embora enquanto dá tempo. Se você morrer, tudo o que gente lutou vai ter se perdido.

Rato não sabia o que dizer. Thiago lhe deu um empurrão com as duas mãos.

— Vaza, mano. Some daqui!

Lágrimas escorriam pelo rosto magro de Thiago, pela pele negra e clara com algumas espinhas. Porra, o cara nem tinha saído da adolescência direito.

— Vaza!

Rato subiu na moto e obedeceu.

Conforme descia o morro, viu os conhecidos fugindo, gritando. Alguns corpos pelo chão. Casas destruídas, telhados pegando fogo. Os comerciantes já tinham corrido, e sem tentar reagir, porque não adiantava. Que diferença faria um punhado de metralhadoras quando a nobreza decidia fazer o céu cair em cima da favela?

A cada esquina um nobre. Se não era pedra, era ventania. Se não era pra cair em cima da favela, era pra derrubar um morador que tentava correr.

Pela rua principal não dava. Engarrafamento. Uma pedra caiu em um carro, trancando a rua. O jeito era contornar pela de baixo. Rato deu a volta no quarteirão e se deparou com uma criança chorando correndo em desespero.

Rato freou e largou a moto ali. Nem colocou o pezinho. Deixou ela tombar no asfalto acidentado. Thiago que perdoasse.

Ligou para a duquesa.

— Seguinte, tô aqui no morro. Se você parar o ataque agora, eu me entrego. Se demorar mais de dez segundos pra responder, não tem negociação.

Desligou.

No céu subiu uma faísca elétrica, azulada, que se desfez em padrões que lembravam fogos de artifício, com estalos secos e altos. Todos os nobres pararam. As pedras que ainda flutuavam foram desconjuradas. O céu voltou a ser só uma noite. O morro ainda ruía. Chamas, dor e choro.

Rato esvaziou os bolsos, jogando as pedras de Oxiomínio no chão, ficando apenas com uma, do tamanho de uma bola de gude. Colocou-a na boca e engoliu, com a garganta doendo. Engasgou, teve medo de a pedra estacionar ali e acabar com sua vida, mas fez força e engoliu.

Então ajoelhou-se na rua e colocou as mãos na cabeça. Eles adoravam quando ele colocava as mãos na cabeça.

Não demorou para que um par de nobres se aproximasse. Estavam em todas as esquinas. Sabiam quem ele era.

Pegaram todo o Oxiomínio de Rato, algemaram suas mãos e o deitaram de bruços.

Ele ouviu passos.

— Olá. — A voz monótona da duquesa.

Sentiu uma pancada na cabeça.

Teto preto.

Era como se Rato não tivesse aberto os olhos. Tudo escuro, um capuz preto lhe cobria a cabeça. Ouviu a voz da duquesa.

— Para seu conhecimento, ainda estamos no morro. Escolhi um local privativo para que pudéssemos conversar.

— Esse monte de nobre, toda essa bagunça, chamando a atenção… Cês não iam fazer isso tudo pra me deixar vivo. Pra trocar ideia.

— A ordem é para que você morra.

— Isso eu tinha entendido, mas cê não me acordou aqui só pra me matar depois. Se cê quisesse me ver morto, já tinha feito.

Rato se debateu. As mãos ainda algemadas às costas e deviam estar presas em algum lugar, porque ele não conseguiu se levantar da cadeira.

A duquesa caminhou devagar, Rato ouviu os passos. Depois de um tempo, ela disse:

— Você é esperto. Uma pena que não tenha tomado a decisão correta. Poderíamos ter feito muitas coisas juntos.

— Porra nenhuma. Eu poderia ter feito muita coisa sozinho e cê ia lucrar muito com isso.

— É uma maneira preguiçosa de ver as coisas.

A duquesa tirou o capuz da cabeça de Rato. O motoboy fechou os olhos, incomodado com as lâmpadas fluorescentes que jogavam uma luz amarelada em sua retina.

— Você precisa saber que, se tentar apagar um só grama de Oxiomínio, esse morro vai ser todo destruído.

Ela mostrou a tela do celular a Rato, arrastando o dedo para que ele visse todas as fotos. Todas as saídas do morro estavam bloqueadas pelos nobres e rodeadas de pessoas com olhares de medo, intimidadas, proibidas de fugir.

A duquesa guardou o celular.

— Tenho certeza de que você entendeu a mensagem. Nós teremos uma conversa civilizada.

Rato olhou ao redor. Lousa na frente. Cadeira e mesas escolares. Cartolinas espalhadas pelas paredes com colagens, ilustrações e textos.

— Cê me trouxe pra dentro do Carlos Marighella? Cês não respeitam nem as escolas mesmo...

— Nós esvaziamos o prédio.

— Se foder!

— Se você quiser desperdiçar nosso tempo com insultos baratos, tudo bem. Eu aviso que, se isso não for resolvido em uma hora, eles têm a minha autorização para reduzir este lugar a pó. Eles até estão gostando da ideia.

— O que cê quer?

— Pra sua sorte, sua mulher é muito leal. Você está vivo porque ela não disse nada.

A duquesa colocou uma cadeira em frente a Rato e se sentou.

— Uma pena que ela não tenha tido a mesma sorte.

Ela mostrou a tela do celular mais uma vez. Rato fechou os olhos.

— Se você não olhar, vou queimar três moradores deste inferno e faço você escolher quais.

A respiração pesava. Rato, ofegante, abriu os olhos. Viu Ariel. Sangue coagulado e um monte detalhes sobre como ela tinha morrido.

Rato gritou. De ódio, de dor, de tudo. Uma gota de saliva involuntária escapou e a duquesa a limpou de seu rosto com a ponta do dedo.

— Não precisa ser dramático. Engole esse choro. Sua esposa está morta pela mesma razão que seu amiguinho. Pela mesma razão que um monte de gente morreu hoje.

Ela apontou o dedo para Rato, que chorava. Só conseguia pensar se dona Marta tinha conseguido fugir a tempo com Mari.

— Mas chega de apontar dedos. — A duquesa esboçou um sorriso. — Você vai morrer, isso é certo. O que a gente vai descobrir é se vai morrer sozinho ou se vai levar toda essa gente inocente junto. Eu sei que você se importa com esse povo, e por isso vai fazer tudo o que eu pedir.

Ela deu um tapa no rosto de Rato, que olhava para o chão, enlutado.

— Presta atenção. Essa parte é importante e eu não quero ter que repetir. Você vai me dizer onde está o diário de Carolina Maria dos Reis.

Rato ergueu os olhos.

A duquesa curvou o canto da boca.

— Pois é, eu sei sobre o diário. O arquiduque quer destruir esse material. Os outros nobres o apoiam. Não querem que nenhum conhecimento de Carolina permaneça. É claro, eu acho tudo isso uma pena. Se o diário ajudou você a se tornar um problema maior, nas minhas mãos ele pode ajudar a troca a chegar a um outro nível de excelência. Pode ajudar os nobres a seguirem a pessoa correta. Por isso, você vai me dizer onde está o diário. Em troca, permitirei que você morra sozinho.

Ela sorriu, seu olhar pálido ressaltado pelo delineador preto. Elis andou até a porta e deu duas batidas. Elon entrou. Braços cruzados.

Elis fechou os olhos por um momento, respirou fundo.

— Você precisa mesmo fazer isso? Já falei que é ridículo.

O rapaz abandonou o teatro e parou em frente à porta fechada.

— E então? Onde está esse diário?

A duquesa deu outro tapa no rosto de Rato.

— Meu filho está falando com você.

— Não sei…

— Podemos perder tempo com isso, se você quiser. Mas a cada cinco minutos de enrolação, mando matar alguém.

— Eu não sei mesmo. Quer dizer, eu tenho uma vaga noção, mas cês vão ter que procurar…

A duquesa voltou a se sentar na mesma cadeira. Elon se aproximou e se agachou para que Rato visse seu sorriso canalha.

— É justamente pra isso que estou aqui.

— Cê que sabe… O diário tá escondido em algum lugar na biblioteca do marquês de Goioerê.

A duquesa franziu a testa.

— Não estou para brincadeiras.

— É sério. A Ariel trampava lá de faxineira. Ela quis esconder onde cês nunca iam procurar.

Elon olhou para sua mãe.

— É só pedir pro marquês me levar até lá.

A duquesa se levantou, a cadeira tombando.

— Seria mais estratégico para nossa família se fôssemos os únicos a saber do diário.

— A Suzane também sabe.

— Ela vai aprender que ficar de boca fechada pode garantir o futuro daquela casa decadente.

Elon coçou a cabeça.

— Você quer que eu invada a casa dele? Se alguém descobrir, eles vão ignorar o julgamento e matar nossa família…

Rato inspirou, a visão turva pelas lágrimas.

— Eu vou.

Os dois o olharam, surpresos.

— Se eu for pego, tá tudo bem. É só dizer que eu fugi e tava tentando me vingar. Cês não têm nada a perder.

Elon se virou para a mãe e falou em voz baixa.

— É melhor eu ir com ele. Pra garantir que ele não vai fazer nada errado.

A duquesa massageava a testa.

— Muito arriscado. Você não pode ser visto. Ele vai sozinho.

— Não faz isso, mãe...

Elon se calou sob o olhar gélido da duquesa. A mulher jogou o celular de Rato no colo do motoboy, depois fez um gesto com o dedo e as algemas se abriram.

— Você vai ter... — a duquesa olhou para o relógio — quarenta minutos. Sem desvios, sem truques. Se ligar para alguém que não seja eu, essa pessoa irá morrer. Se ligar para a polícia, eles estão instruídos a não atender a qualquer chamado seu. Se ligar para algum nobre, o morro inteiro morre. Não preciso dizer que já grampeamos a sua linha e estamos te rastreando por GPS. Se tentar fugir...

— Já sei. O morro inteiro morre...

— Garoto esperto. Uma pena mesmo não termos trabalhado juntos.

20

O muro era alto, e arame farpado era apelido para o que tinha no topo. Triplex, e não ficava em condomínio. Não parecia ter nenhum movimento pela casa. Rato sabia que o marquês estava no morro, colaborando com a chacina, mas isso não significava que a casa estava vazia.

Foda-se.

Não se escondeu das câmeras, só escalou o muro e enfrentou o arame. Sentiu a pele cortar, braços sangrando, camiseta rasgada. O boné caiu do lado de fora. Rato caiu dentro, ferido.

Tentou abrir a porta da frente. Trancada.

Quebrou uma das janelas e entrou.

Esperou uns minutos dentro da casa para ver se alguma luz se acendia, se algum alarme soava. Nada.

Esses merdas desses nobres pensam que são intocáveis mesmo.

Usou a lanterna do celular para iluminar a sala. Nenhuma estante de livros à vista. Explorou os cômodos. No primeiro andar, encontrou sala, cozinha, banheiros. Subiu as escadas. Os degraus eram de madeira, e Rato pisou na ponta dos pés para evitar o rangido.

No andar de cima, havia três quartos, dois banheiros e um escritório. Uma luz escapava pela fresta da porta de um dos quartos. Se aproximou com cuidado para investigar. Uma moça estava sentada em uma cadeira gamer em frente a um computador. Usava fones de ouvido com luzes coloridas em RGB.

No outro quarto, uma mulher roncava solitária sobre uma cama *king size*. O terceiro também tinha uma cama de casal, mas estava vazio. O que Rato viu de esquisito no escritório foi uma adega climatizada, um computador com três monitores e um sofá em formato esquisito.

Rato subiu o último lance de escadas para finalmente chegar à biblioteca da casa. Ali, o teto era mais baixo, típico das casas construídas para imitar chalés. Eram muitos livros. Rato procurou entre os títulos que tinha certeza que o marquês jamais abriria.

Érico Veríssimo, Gabriel García Márquez, Jorge Amado. Playboy era foda, achava que ter livros era sinônimo de ser um intelectual. Se aquele verme tivesse lido qualquer um daqueles, provavelmente não teria entendido ou não teria gostado.

Na prateleira Rato também viu um Mario Vargas Llosa. Esse fazia sentido.

Abriu os livros um a um. Nada. Celular vibrou. Rato atendeu sussurrando.

— Que foi, porra?

Era a duquesa.

— Você está demorando demais. Espero que não esteja se desviando do objetivo.

— Quanto mais tempo a gente ficar trocando ideia, mais vai demorar. Se eu ainda tô dentro do prazo, faz um favor pra mim. Para de ligar e vai tomar no cu.

Desligou.

Duquesa filha da puta.

Continuou abrindo os livros até achar uma edição de *Capitães da Areia*. Estava lá. As páginas originais tinham sido cortadas, deixando apenas as bordas. No interior estavam as páginas do diário de Carolina, dobradas. Rato se deu conta de que ali estava só uma parcela do diário. Faltava muita coisa.

Merda.

Levaria muito tempo para abrir todos os livros e conseguir encontrar todo o conteúdo escondido por Ariel.

Rato passou os olhos pelas páginas que havia encontrado, então percebeu que todas tratavam do mesmo assunto. Ariel havia escondido o diário de forma metódica, organizando as páginas por tema. Veio a vontade de chorar ao se lembrar da ex-esposa. O assunto das páginas que tinha em mãos era a projeção temporal.

Na tela do celular, ele viu que seu tempo era escasso. Faltavam só treze minutos. Não dava tempo.

Rato era entregador, e entregador era especialista em fazer milagre com o tempo.

Enfiou o dedo na garganta até conseguir vomitar. A pedra de Ox estava ali, no chão. Cheia de bílis. E insuficiente para uma dobra temporal. Mas era o que tinha. Precisava tentar.

Rato consultou os papéis mais uma vez para se lembrar das instruções de Carolina, então respirou fundo e queimou o Ox.

Queimou nada. Ouviu uma voz familiar.

— Sabia que não devíamos confiar em você.

Tinha companhia.

Rato olhou por cima do ombro. A merda do playboy o seguiu.

— Sua mãe vai te deixar de castigo, moleque.

Elon amarrotou a testa e puxou o celular.

Rato queimou sua única pedra de Oxiomínio e o aparelho derreteu na mão de Elon. Já viu boyzinho perdendo brinquedo caro?

— Você está morto!

O nobre agitou a mão para se livrar do líquido em que o celular havia se tornado, então duas pedras de Ox desapareceram de seu cinto.

Rato sorriu.

— Cê vai apanhar de novo.

Elon fez suas mãos se tornarem flamejantes. Foi pra cima.

Rato consumiu cinco pedras de seu oponente, depois fez suas mãos se tornarem pedras.

Elon o olhou, assustado. Até mesmo Rato estava surpreso. Conseguiu queimar Ox do adversário e transformá-lo em troca.

Elon entrou em fúria, atacou com socos. Rato se defendeu. Não era tão ágil quanto o boy, bloqueava a maioria dos golpes, mas alguns o acertaram. Soco nas costelas, chute nas coxas. Rato caiu de joelhos, dor pulsando em sua perna. A merda era que Rato queria encerrar a briga usando o mínimo de Ox possível, pois não sabia do quanto ia precisar para pôr em prática seu plano. O foda foi que na porta da biblioteca surgiu outra pessoa. A moça de cabelo ruivo que Rato viu de costas com um fone gamer.

— O que é isso?

Elon reagiu, furioso.

— Esse é o terrorista que estamos procurando, Márcia. Ele invadiu sua casa...

A moça queimou Ox e seus cabelos voaram com a ventania de sua troca. Livros caíram das prateleiras. Rato só pensava no tempo — precisava acabar com aquilo rápido. Queimou metade de todo o Ox dos dois nobres. Cinco estacas de terra surgiram do chão. Estavam no terceiro piso, longe do solo, o que fez a troca custar mais do que o normal. As estacas vieram rápido. Perfuraram o corpo de Elon. O playboy não teve tempo para gritar, agonizando preso e com sangue escorrendo pelo canto da boca.

O entregador estava ofegante, respirava com dificuldade. Para ferir um usuário de troca, era necessário consumir muito Ox, e isso pesou em seu organismo. A moça o olhou, aterrorizada. Parou sua troca e, aos prantos, implorou para que Rato não a matasse.

Matar não ia, né? Tinha acabado de conhecer a patricinha, ela não fez nada. Ainda.

Rato consumiu mais uma pedra de Ox, trocou alguns elementos do ar. Uma fumaça fina se formou ao redor do rosto da moça, que caiu em sono profundo.

O motoboy se levantou, a perna doía, ele mancava. Faltavam dois minutos para que o prazo da duquesa estourasse. Dois minutos para salvar o morro e, graças à presença de Elon e Márcia, tinha um bom estoque de Ox à sua disposição. Com dificuldade, se sentou. Respirou fundo. Era hora de colocar em prática a troca do tempo de Carolina Maria dos Reis.

Dois minutos no presente? Que se foda, irmão. O tempo não era relativo? Que se foda, então.

Rato ajeitou a postura, fez a respiração abdominal conforme os textos de Carolina instruíam, fechou os olhos. Precisava se concentrar em um local no tempo. Para onde ir? O que fazer? Sabia que era arriscado, que as consequências eram imprevisíveis. Escolheu um momento.

Abriu os olhos, estômago revirando. *Não vai vomitar agora, mano. Segura firme.* A luz forte do sol fez a vista doer. Aos poucos, ouviu os barulhos da rua. Carros, buzinas, ônibus, pedestres. Na calçada, viu um homem andar apressado, celular no ouvido. Reconheceu a roupa, até o jeito de andar. Era ele mesmo. Sua versão de alguns dias antes. Correu atrás de si, mancando. O Rato do passado olhou para trás por um instante. O Rato do presente virou de costas, disfarçou. Era melhor não chamar atenção assim. Do jeito que era cabreiro, sabia que ia fugir quando visse a si mesmo mancando em sua direção. Pegou um boné qualquer na primeira barraca em que achou um vendedor distraído. Disfarçou, escondeu o rosto e seguiu a si mesmo.

O Rato do passado se virou de novo e, dessa vez, viu sua outra versão em seu encalço. Não o reconheceu, ainda bem. O Rato do presente apertou o passo e ouviu sua versão antiga falar no celular.

— Mano, tem um cara estranho me seguindo aqui. Será que é jornalista?

Merda.

Em seguida, o Rato do passado chamou um Uber, que chegou rápido. Partiu.

Rato acordou na biblioteca do marquês com uma crise de tosse. Protegeu a boca com a mão e só então viu que estava tossindo sangue. Caralho.

Voltou apenas alguns dias, e foi muito. Queria salvar Ariel e Carlinho, mas estava cru demais. Aprendia rápido, do jeito que Carolina queria, mas também não era assim. Viagem no tempo de primeira, queria o quê? Tinha limite. Rato olhou o relógio. Um minuto e meio. Deu nem tempo pra chorar, Carlinho ia ter que ficar morto mesmo. *Desculpa, irmão.*

Fechou os olhos, ajeitou a postura, respiração abdominal, escolheu um momento. Algo mais recente.

Abriu os olhos, sentindo uma dor de cabeça da porra.

Estava no morro, madrugada. Rosto suado. Alguns metros à frente estava a casa de dona Marta. Em frente estava uma moto, e o Rato do passado caminhava em direção ao portão. Parou. Olhou para a esquina. Fodeu, cedo demais. O Rato do passado veio em sua direção.

— Qual é, irmão, tá me seguindo por quê?

Ele virou a esquina e fugiu mancando. Desfez a troca a tempo de não ser alcançado por sua versão do passado.

De volta à biblioteca, Rato vomitou. Não foi um vômito qualquer, doeu como o inferno, parecia que as tripas iam sair junto. Quando se recompôs, viu que só tinha um minuto. Porra. Tudo de novo, olhos fechados, postura, respiração. Meia hora depois, será que podia ser? Consumiu Ox.

Rato abriu os olhos. Madrugada de novo. Viu sua versão antiga sair da casa de dona Marta, e Thiago o aguardava. Foram os dois para a reunião com a comunidade.

Rato aguardou uns minutos, barra limpa. Mancou até a porta, olhou pros lados pra ter certeza de que a rua estava deserta, e bateu.

— Ariel, abre aqui.

A ex-esposa abriu a porta.

— Achei que você ia…

Ela arregalou os olhos. Viu Rato fodido, mancando, olhos vermelhos, veias saltando no pescoço.

— Que isso? O que aconteceu?

Rato entrou e fechou a porta.

— Me escuta…

— Acabei de ver você saindo com o Thiago. Ele tá bem?

— Ele tá ótimo. Aquele não era eu. Quer dizer, era, mas era minha versão antiga.

Ariel deixou o queixo cair.

— Não acredito. — Ela bateu no ombro de Rato. — Você usou a troca do tempo?

Rato fez que sim.

— Sei que cê não quer sair do morro. Cê tinha razão, eu não devia pedir isso mesmo. O foda é que os porcos te levaram. Eles te mataram no futuro, Ariel. Cê tem que juntar suas coisas e sair agora. Leva a Mari, leva sua mãe…

— Como assim? Pra onde a gente vai? E você?

— Não esquenta comigo. Eu já tô fodido mesmo. Vai pra outra cidade, fica um tempo fora, tranca a facul. Sei lá. Cê tem que sobreviver, pela Mari. E pelo bebê.

Rato não percebeu que, enquanto falava, lágrimas escorriam. Ariel nem teve forças para rebater.

— O que vai acontecer com você?

— Não sei. Os efeitos da troca do tempo são imprevisíveis.

Rato tossiu. Ariel puxou uma cadeira e o fez se sentar, depois trouxe um copo de água, que ele bebeu.

— Ariel, faz o que eu tô falando. Por favor. Fica escondida. Cês têm dinheiro pra isso?

Ela disse que tinha. Rato secou as lágrimas.

— Diz pra Mari que eu amo ela.

— Espera...

De volta à biblioteca. Rato sentiu a lateral do corpo formigar. Ele tremia, a língua ameaçava enrolar. *Concentra, porra. Não morre agora, ainda tem um lugar pra ir.* Trinta segundos. Merda. *Mais uma vez, Rato, força. Só mais uma vez.*

Olhos, postura, respiração. A troca não estava perfeita ainda, precisava de algo a mais. Uma projeção de consciência, acordar no próprio corpo, como Carolina instruía no diário.

Bora voltar um pouco mais. Só um pouco, última viagem. Hora de botar pra foder.

Rato se viu em uma sala familiar. À sua frente, a duquesa com olhos aterrorizados, gritando e correndo cômodo afora.

Rato tentou se mexer, mas estava amarrado à cadeira. Então percebeu que tinha voltado para o momento de sua captura. E tinha acordado no próprio corpo. Sorriu. Estava dentro do antigo depósito de Oxiomínio.

Fechou os olhos, concentrou-se em sua respiração e expandiu a mente. Queimou todo o Oxiomínio que conseguiu alcançar com as técnicas de concentração instruídas por Carolina.

O alarme soou. Luzes vermelhas piscando por todas as instalações. Barulho de coturnos apressados pelos corredores.

Rato agiu rápido, queimou uma quantidade grande de Ox.

Uma dupla de seguranças surgiu na sala. Um deles apontou a arma para Rato.

— Pare o que você estiver fazendo!

Rato sorriu.

— Cês deviam dar uma olhada no estoque primeiro.

A duquesa surgiu por trás dos seguranças. Um deles falou algo em seu ponto eletrônico, Rato não ouviu. Um minuto depois ele repassou a informação no ouvido da duquesa.

— Não! — A voz da duquesa surgiu quase involuntária. — Você está fazendo Ox desaparecer.

As costelas de Rato doíam.

— É isso que eu quero. — Ele riu, mas cedeu à dor, que transformou seu rosto em uma máscara de sofrimento.

— Se a senhora mandar, eu o mato agora — avisou um segurança.

A duquesa fez que não.

— Ela não vai deixar, truta. — explicou Rato. — Pergunta pra ela o nome de qual casa eu escrevi em toda a superfície de Ox do depósito. É engraçado o que a gente consegue desenhar quando se concentra em quais partes do Ox quer queimar. Cê tá fodida, tia. Cê não consegue queimar Ox neutro. Todos os nobres vão ver o nome da sua casa. Quantos aliados vão sobrar depois disso?

A duquesa se aproximou de Rato.

— Pare com isso — gritou a duquesa. — Nós podemos negociar. Posso garantir que você sobreviva.

— Acho engraçado cê pensar que eu acredito nisso.

— Não! Minha palavra vale Ox. Se fizer um acordo comigo, não tem o que temer.

— Tô começando a gostar desse momento. Já é a segunda vez que eu vivo ele e cê tá se cagando de medo...

A duquesa endireitou a postura, os olhos arregalados diminuíram.

— Se você não responde a uma negociação, talvez responda a uma ameaça. Nós temos seguido os passos da sua esposa. Posso fazer com que ela seja presa e, na cadeia, coisas infelizes acontecem. Um lugar tão violento...

Rato engoliu a raiva.

— Cê já fez tudo isso.

— Não fiz. Ainda há tempo de impedir...

— Cê não tá entendendo. Gente rica se acha esperta, mas são todos burros. Isso tudo já aconteceu. Eu tô vindo do futuro pra mexer nas coisas.

A duquesa abriu a boca.

— Não... não é possível...

Rato tossiu. Perdia sangue no passado, sofria no presente. Olhou para a mulher silenciosa.

— Paga pra ver, então. Assim que eu voltar pro meu tempo de origem, cê sabe o que vai acontecer. Sua versão no futuro vai se lembrar disso. Pode começar a chorar. Cê fez merda. Matou o Carlinho, a Ariel, atacou o morro. E tem mais, eu tô ligado que cês são tão arrogantes que nem andam armados. Acham que o Ox e a troca são suficientes pra dominar tudo, mas, quando o Ox sumir, cês vão estar tudo no morro, presos com os moradores, com a galera da quebrada. Que cê acha que vai acontecer?

— Você não vai ganhar!

— Ganhar o quê? Cê tá doida? Perdi meu casamento, meu melhor amigo morreu, meus filhos vão crescer sem pai e eu provavelmente vou morrer daqui a pouco. Um monte de gente morreu lá no morro. Eu não vou ganhar nada. O que me conforta é que cê também não vai. Que cê acha que vai rolar quando descobrirem que acabou o Ox? Esses seguranças aí vão continuar te defendendo quando descobrirem que ninguém vai pagar eles? A polícia vai continuar te ajudando? Os políticos vão continuar beneficiando cês tudo? O mundinho de vocês foi tudo construído em cima de dinheiro. De Ox. E, quando o Ox sumir, quero só ver o que vai sobrar.

— Não vou deixar...

— Essa é a parte mais doida. Cê tem duas opções. Pode me matar agora e deixar o resto do estoque com o seu nome em cima. Aí depois se vira com os nobres. Na minha experiência posso dizer que é tudo cuzão. — Rato tossiu, a respiração cada vez mais custosa — Ou pode me deixar vivo e ver eu acabar com todo o Ox da região.

— Você acha que isso vai fazer algum bem? Eu estava pronta para te dar muito dinheiro. Você podia fazer o que quisesse com ele. Distribuir pra essa gentinha do morro. Você ia se sentir mais livre desse jeito?

O entregador riu. Depois tossiu sangue. Visão turva, náusea. Respirou fundo.

— Livre? Eu tentei isso, no começo. Queria que o poder da troca tivesse na mão de todo mundo, mas é difícil ter uma ideia justa em um mundo que já tem uma estrutura contrária. Demorei pra entender, mas só tem um jeito de ser livre. Sabe por quê? A gente só é livre quando todo mundo é livre.

Um homem de jaleco branco entrou correndo na sala.

— Senhora... todo o nosso estoque... sumiu!

Rato sorriu, a cabeça pesada.

— Já era.

A duquesa se deixou cair no chão de joelhos, resignada.

— O que você fez? Você tem alguma noção do que acabou de fazer?

— Não vou fingir que sei o que vai acontecer com as pessoas que vão ter que viver a partir de agora. Mas uma coisa eu sei: pela primeira vez, cês vão saber o que é não ter nada. Pela primeira vez, cês vão saber o que ser igual a nós.

Ele encerrou a troca.

De volta ao presente.

Rato estava no chão, convulsionando. Respirou fundo, tossiu sangue. Vomitou de novo. Seu corpo, semitransparente, estava no presente, mas também estava preso ao efeito da troca do tempo. Um efeito que também o levaria para um último lugar.

O celular vibrou.

— O que você fez? — A voz da duquesa estava trêmula.

— Fiz o que cês mereciam.

— Você é um idiota! Vai morrer por causa disso. O morro todo vai morrer.

— Cê tem razão, eu vou morrer mesmo. Tô sangrando aqui sem parar. Mas vou te garantir uma coisa. Não vai morrer mais ninguém aí do morro. Vou até te garantir outra coisa. A maioria dos nobres não vai voltar pra casa hoje.

Rato deixou o celular cair no chão. Ouviu os gritos da duquesa escaparem do aparelho. Ouviu o vozerio das pessoas invadindo a escola onde ela havia improvisado sua base. Deitou. Ao seu lado, jaziam os livros.

Final chegando, créditos subindo.

Aos poucos, a respiração ficou mais pesada, mais difícil. Seu corpo ficou ainda mais transparente. Ele olhou para as costas de suas mãos, onde os pelos cresciam, envelheciam. Era hora de pagar os efeitos da troca do tempo.

ENCONTRO COM O FUTURO

Rato acordou na sarjeta. Dor na perna, gosto de ferro na boca.

Uma voz masculina o chamou.

— O senhor tá bem?

Rato olhou para cima, a luz do sol incomodou. Quando os olhos se acostumaram, viu o rosto de um homem, o corpo musculoso, o cabelo raspado nas laterais. Ele estendeu a mão e o ajudou a se levantar. Rato ia agradecer, mas perdeu a voz. Notou que o conhecia. Estava mais velho, mais encorpado, a voz mais grave. Nada disso importava, era ele. Rato arriscou.

— Thiago?

Rato caminhou ao lado de Thiago, seus ossos cansados. Durante a conversa, entendeu a razão: em um segundo, havia envelhecido. Thiago ia mostrando o morro, explicando um pouco do que tinha acontecido depois que Rato desapareceu.

— A gente pensou que cê tinha morrido, mano. Sumiu da noite pro dia, sabe como é…

Rato concordou. Teria chegado à mesma conclusão, se fosse Thiago.

— O que aconteceu nesse tempo? O Oxiomínio acabou mesmo?

Thiago assoviou.

— Antes fosse, irmão. Diminuiu bastante por aqui, muita coisa mudou. Teve gente querendo implantar um novo sistema monetário, foi um caos. Sobrou um pouco de Ox no estoque individual dos nobres, mas eles evitavam usar. Vários deles não conseguiram fugir do morro no dia em que tudo aconteceu. A parte boa é que as coisas mudaram por aqui. A gente ainda tá aprendendo a viver em comunidade, como deveria ter sido desde o começo, mas já estamos melhor. Uma das provas é esse lugar.

Thiago e Rato pararam em frente a um prédio de três andares. Construção simples. Rato reconheceu o local, era ali que ficava o centro comunitário. Agora, tinha uma nova construção com a placa "Faculdade Comunitária Carolina Maria dos Reis".

Rato sorriu. Aquilo, sim, era uma cena pós-créditos de respeito.

Se deu conta de que tinha mais perguntas.

— Por que cê me trouxe aqui, mano?

— Tô feliz em te ver, Rato, mas eu sabia que não era comigo que cê ia querer trocar ideia primeiro. Entra aí. Pede pra falar com a reitora.

Rato entrou no escritório e Ariel ficou paralisada.

Aos poucos, ela se aproximou, estava mais velha, madura, mas, diferente de Rato, não tinha rugas ou cabelos brancos. Ela tocou o rosto do entregador, olhos úmidos.

— É você mesmo? Você parece mais...

— Velho. Tô ligado. Eu tava conversando com o Thiago. Parece que passaram dez anos pra vocês. Pra mim, passou mais. Ele disse que eu tô com cara de setenta anos.

Rato tocou a mão de Ariel, ainda em seu rosto, e sentiu o metal frio. Só então reparou que ela usava uma aliança nova.

— Você casou de novo?

Ariel recolheu a mão, desviou o olhar.

Tava tranquilo, ela não devia nada a ele. Às vezes, o coração fazia a gente perguntar mais do que tinha direito, o importante era saber a hora de calar a boca.

Rato olhou ao redor, sala simples, a luz do sol entrava pela janela atrás da mesa.

— E a Mari?

Ariel olhou o relógio na tela do celular.

— Tá na escola.

— E o bebê?

Ariel sorriu.

— Ele fica bem bravo quando eu chamo ele assim. Já tá grande, menino forte.

— Qual nome cê deu pro moleque?

— Carlo.

Rato pressionou os lábios para conter o choro. Com os olhos, agradeceu a escolha de Ariel. A mulher devolveu o olhar com uma pergunta.

— Quer ver eles?

Rato sorriu. Era o que mais queria.

AGRADECIMENTOS

Moeda de troca teve seu primeiro manuscrito escrito em exatos trinta dias. Foi um mês maluco, cheio de imprevistos, e com duas viagens que ferraram meu cronograma de escrita. No final, eu estava exausto e feliz de ter conseguido. Este livro foi escrito antes de eu ganhar o prêmio Jabuti por *Olhos de Pixel*, então não fazia ideia de como e onde ele seria publicado. Era mais um desafio criativo autoimposto do que qualquer outra coisa. De lá pra cá, muita coisa mudou, e a você que acabou de ler esta história vai o meu primeiro agradecimento. Não se esqueça de me marcar nas redes sociais caso decida postar alguma coisa sobre o livro.

Agradeço à minha esposa, Gabe Fontes, pelo apoio de sempre. É incrível como um único abraço dela pode ter sabor de renovação em momentos de caos e desespero. E nos momentos bons, sabor de celebração, é claro.

Existem duas pessoas responsáveis pela existência desta edição que você tem em mãos. A primeira é Camila Werner, minha agente e amiga, que conhece o mercado editorial como poucos e tem as melhores ideias e estratégias, que sempre me ajudam a seguir em frente sem perder o ânimo ou a noção da realidade. A segunda é Beatriz D'Oliveira, a editora mais chique do mundo, que costuma gostar do que eu escrevo e fazer ótimos apontamentos para extrair de mim o melhor texto possível. Vocês não têm ideia do quanto eu me divirto com os comentários dela. A gente é um baita time!

Também preciso mencionar Geysa Aguiar Siqueira e André Neves, respectivamente dos times comercial e de marketing da Rocco, coincidentemente duas áreas nas quais sou um completo tapado e por isso preciso recorrer a eles com uma alta frequência. Por isso mesmo agradeço aos dois por serem competentes e pacientes a ponto de superar minhas ignorâncias.

Por fim, agradeço à minha filha Madalena, que neste momento tem só um aninho de idade, mas que faz por mim a coisa mais legal de todas: existe.

Impressão e Acabamento:
BARTIRA GRÁFICA